妖怪旅館營業中 六

豐收與離別的秋之祭

友麻碧

輕文學
Light Literature

目錄

登場人物介紹

妖怪旅館營業中

天神屋

座落於妖魔鬼怪所棲息的世界──「隱世」東北方的老字號旅館。在鬼神的統率之下，眾多妖怪攜手打造出熱絡繁榮的住宿空間。偶爾也會有人類房客入住。

大老闆

在隱世老字號旅館「天神屋」擔任大老闆的鬼神，集眾多妖怪之景仰於一身。曾試圖納葵為妻，卻從不表露自己的內心情感，默默在旁守護她的一舉一動。

津場木葵

因為已故祖父所欠下的債務而成為擔保品，被擄來「天神屋」的女大學生。拒絕接受與大老闆的婚約，運用自豪的廚藝開始經營名為「夕顏」的食堂。

雪女
接待員 阿涼

土蜘蛛
大掌櫃 曉

九尾狐妖
小老闆 銀次

白澤
會計長 白夜

狸妖
接待員 春日

手鞠河童
小不點

借宿妖怪旅館，歡度一夜良宵。
──津場木史郎

折尾屋

位於南方大地的旅館，是天神屋的死對頭。

天狗
大掌櫃 葉鳥

狛犬
大老闆 亂丸

第一話

秋收新米的絕配好滋味

「葵小姐，已經到極限了！」

「唔！今天只能到此為止了嗎……」

這裡是夕顏，時間正來到九月下旬。

我——津場木葵正因為內心的悔恨而皺著一張臉，湊近盯著食材幾乎所剩無幾的冰箱。眼前狀況有如被敵軍斷了糧道，正面臨彈盡糧絕的絕境。今天的生意應該只能做到這，無法再多收客人了吧。

夕顏這陣子的營運狀況跟往常一樣人手不足，常常陷入忙得不可開交的狀態。遇到客人特別多的日子，食材有可能中途耗盡而必須提早打烊；然而預先準備充足的量，那一天的生意卻有可能偏偏特別冷清。實在難以抓到一個平衡點。

而且光靠我一個人管理店內事務，感覺也快撐不住了。真是傷腦筋。

「之前在折尾屋的那一次事件，包含儀式的內情等雖然對外低調地粉飾處理過了，不過依然引發隱世居民的熱烈討論。葵小姐在各方面都帶起了這裡的話題，讓妖怪們更是對您產生興趣，夕顏的名聲也就因此跟著遠播……」

在結束收店作業之後，我與銀次先生坐在吧檯客席上小歇一會兒。我們邊咬著從客人那裡拿到的柿餅，邊啜飲著茶。

「銀次先生，雖然你的語氣感慨萬分，但我可不是自願在隱世打響名號啊。」

「嗯嗯，我明白。是妖怪們主動聚焦在您身上的……也多虧這樣，讓夕顏生意蒸蒸日上！」

銀次先生原本疲憊的表情頓時一變，露出了滿臉喜色，然而我心裡同時卻充滿不安。

以欠下一屁股債的立場來說，我當然樂見生意興隆。但是店內營運方式如果不調整改善一番，感覺遲早會影響到餐點的水準，這樣對特地上門光顧的客人也過意不去。

啊啊……岔題一下，這柿餅還真好吃。裡頭軟綿綿的部分所散發出的甘甜，加上微微殘留的苦澀風味，是我特別喜歡之處。

雖然討厭柿餅的人也不少，不過這是爺爺以前常吃的點心，對我來說是一股熟悉的滋味。

「看來……夕顏也差不多得招募新員工了呢。」

「新員工？不過說得也對呢，光靠銀次先生跟我兩個人，實在有點勉強……」

我對於銀次先生的提議表達認同。從夕顏開店以來，一路都只靠我們倆攜手打拚過來。

但銀次先生自己也有其他部門要管理。

我想店裡是得直接聘請新人來幫忙了。

「為了讓葵小姐能專注在製作料理上，首先想增加外場的服務員。我試著在天神屋的布告欄張貼徵才啟事吧。」

「不知道會有怎樣的人過來應徵耶……」

怎麼講得好像已經確定要聘新人了一樣……

「葵大人太過分了！」

一團鬼火突然從我的項鍊中冒了出來，是小愛。

她頂著與我一模一樣的外型，氣呼呼地鼓起雙頰。

「明明都有我這個眷屬了，還要僱用什麼新員工！那不如讓我工作吧！」

「咦？小愛妳有這麼想工作嗎？」

「我不是一直都強烈地要求嗎？」

有這回事嗎？我試著回想了一下。

小愛會從墜子裡現身，基本上只有開飯時間，不然就是為了找小不點玩。

我一直認為她是還沒長大的小妖怪，所以未曾有過納她為員工的想法。

「可是小愛，妳每次出來一下就睏了，然後又跑回墜子裡不是嗎？而且如果妳跟我以相同的外貌示人，感覺就好像夕顏裡有兩個我一樣，很奇怪耶。」

「……會奇怪嗎？」

我與小愛雙雙看著銀次先生。

我們的表情就像在徵詢他的意見：「欸，你怎麼想？」

「呃，這個嘛……畢竟小愛小姐最了解葵小姐在想什麼，可以的話當然希望能由妳來幫忙。不過若維持與葵小姐相同的樣貌，我想的確有點不恰當。」

「為、為什麼這麼說呢？小老闆，我也想盡一份力……」

小愛淚眼汪汪地懇求著銀次先生。用我的臉說出那番話的她，似乎也讓銀次先生有點錯亂了。他眼神游移、支支吾吾地回答：「可是……這……」

「這樣感覺會讓客人很混亂啊，誤以為對方是我，結果是小愛；又或者反過來，把我誤認成小愛。」

「這的確也是問題之一……不過，先不管店內的營運如何，擁有一個能幻化成自己的眷屬，實際上是極為珍貴的。這一點也許還是別公諸於世比較好吧。」

「是喔？」

「嗯嗯。有一個樣貌如出一轍的分身，能做為您保命的最後一張王牌。但反過來說，也可能遭到不肖之輩利用。所以說，如果可以的話，我希望盡量別彰顯小愛小姐的存在……」

銀次先生瞄了小愛一眼，看她像個孩子般淚眼汪汪緊咬著下唇，便搔搔額頭陷入苦惱之中。

「如果要讓小愛小姐在這間店裡工作，可能需要兩項條件吧——一是上班時間不能打瞌睡，二是必須幻化成新的樣貌。」

「……新的樣貌。」

我和小愛一起歪頭不解。

上班不能睡覺這一點倒是可以理解，本來就理所當然。

「這是指，要她變成我以外的人嗎？」

「不，意思是要請她學習變幻出專屬於她的新樣貌，也就是原創版。」

「原、原創版……？」

這幾個字似乎讓小愛摸不著頭緒。

「我想想該怎麼說明……比方說拿折尾屋的時彥先生當範例好了。他以前原本是小小的妖火，現在則擁有自己專屬的樣貌，而不是臨摹他人。要模仿別人與自創外型的難易度大不同，所以我不確定年紀還輕的小愛小姐是否具有這樣的能力就是了……」

然而小愛卻高舉起單手，信誓旦旦地說：「我要試試看！」

「我、我會努力創造出自己的外型！」

「哦哦……」

看小愛幹勁十足的模樣，我跟銀次先生輕輕鼓掌表示佩服。

「不過，差不多到我睡覺的時間了，所以我要先回墜子裡了。」

「……」

小愛馬上變回一團鬼火，鑽進我胸口的墜子。

墜子裡散發出一明一滅的亮光，就像是安穩入眠的小愛正在呼吸一般。

「比起外型問題，這一點似乎更令人頭大呢。」

「她會需要如此頻繁的睡眠，也許是因為還處於發育期吧。等再長大一些，應該就能像一般妖怪熬夜了，畢竟妖怪本來就不太有睡眠需求。」

「被你這麼一說才想到，天神屋員工們的睡眠時間的確都很短耶。我本來還以為這裡是黑心企業之類的，原來事實並非如此……」

「呃，不不不！怎麼會是黑心企業，天神屋的待遇在隱世裡也算是相當優渥了。只是業務比較繁忙。」

「咦？這回答怎麼好像有點遊走灰色地帶的感覺。」

算了，反正我每天都睡飽飽，明天也放假，所以沒什麼意見就是了。

不過再怎麼說，每到營業日還是很忙，如果小愛能幫忙的話我是再高興不過了。

現在好期待那孩子將會變成什麼模樣。

「葵，我要吃飯。」

「啊，那傢伙來了。」

我口中的「那傢伙」指的就是某位雪女。

也就是前任的女二掌櫃，現在身為服務員的阿涼，她一如往常地在下班後來到夕顏。

「抱歉啊，阿涼，今天什麼都沒剩囉。」

「咦咦咦咦咦！又來了？米呢？連米飯都沒有？」

「白飯的話再煮就有了，但沒有菜呀。而且明天夕顏也休息，現在沒剩半點食材了。」

「那只要給我煮好的白飯就行啦。反正我最喜歡米飯了，況且新米單吃就很美味了呢。」

「……」

如果只是要吃白飯，去哪吃都可以吧……銀次先生與我低聲地交頭接耳。

然而看阿涼已經懶洋洋地賴在吧檯座位上不走，我無奈地吐出一句「真拿妳沒辦法」便站起身子，著手準備煮白飯。

正如阿涼所說，現在正值新米最美味的季節。

尤其鬼門大地這裡是高級品牌米「鬼穗香」的盛產地，在八月下旬到九月上旬之間收成的稻米隨即進入精米程序，在現在這時期推出市面。

夕顏也是選用這種鬼穗香的新米，其特徵在於每一粒稻米都飽含水分，因此使用比平常略少的水量煮米，煮出來的米飯將會更美味。雖然想先讓稻米泡水半小時再開始煮，不過阿涼有那個耐心等嗎……

「欸，阿涼小姐！」

緊接著上門的，是一頭栗棕色髮絲的少女，有著醒目的狸貓耳朵與一球毛茸茸的圓尾巴。

她是天神屋的一般接待員，春日。

「妳把開瓶器忘在宴會廳啦。阿涼小姐妳一下工就馬上跑到夕顏來，新來的那些服務員四處找妳找不著呢。不過我已經先收下來，說會幫忙轉交給妳啦。」

「啊，真的喔？春日，妳連在後輩面前也是任憑使喚的角色啊？」

「主要原因也出在阿涼小姐妳身上吧，小新人們大家工作態度可都很認真喔。」

「啊，是是是，春日妳也很努力呢。」

阿涼不知是下班後嫌累還是怎樣，隨便地回應一句就想敷衍了事，並揉了揉春日的頭髮。

隨後她接過上頭繫著冰製鈴鐺吊飾的開瓶器，直接塞進和服腰帶內。

叮鈴～～清脆的鈴聲隨之響起。

「那顆冰製的鈴鐺真漂亮耶。」

「哼，我可不會送妳的喔，春日。」

「我也沒有想要好嗎……我的意思是請妳以後要收好。」

春日用無奈的口吻回答後，嘆了一口氣，從這應對之中還真分不清誰才是前輩了。

「啊，對了對了。小老闆，大老闆在找您喔。」

「咦！真的嗎？春日小姐。對了，也許是關於秋日祭典的事情吧……葵小姐，我先暫時告辭，去一趟本館喔。」

「嗯嗯，銀次先生你辛苦了。」

銀次先生快速地向我點頭致意後，便倉促地離開夕顏。

「春日啊，妳今天依舊是老樣子，被託付了許多任務呢。」

「就是啊，大家都把我當成跑腿來使用，不過我也習慣了，所以是無所謂啦。」

春日輕巧地坐在阿涼隔壁的座位上，原來她也打算在這裡吃新米煮成的白飯啊。

「葵，還沒好嗎？我肚子餓了，用隱世的飯鍋不是三兩下就可以煮好了嗎？」

「唉唷，阿涼妳再耐心等一會兒啦，難得用這麼好的新米，得先泡一會兒水才行。」

「咦？不用這麼費工啦。快點啦，快點開始煮飯啦，人家都餓扁了。」

如果是平常的我，應該會因為說不過她而直接開始煮，但為了能徹底品嘗新米的美味，我想要盡我所能、選擇最講究的煮法。

然而阿涼的忍耐似乎已經到了極限，她開始拍打櫃檯桌面。

「葵，葵～～米飯，快讓我吃飯～～」

「欸欸欸，那邊那位很大隻的小丫頭！別再拍了啦，這桌子本來就已經是老古董了耶。」

真受不了，阿涼就是這麼任性……

「喂，有沒有什麼能吃的？」

此時登場的是曉，毫不令人意外。

阿涼、春日還有曉三人總是來到這裡，化身為蹭飯的妖怪。

「曉，先說聲抱歉啦，今天一點食材也沒剩。阿涼說她只吃白米飯就好，所以我現在正要煮飯。」

「那我也吃白米飯就好，有沒有醬菜什麼的？」

曉選擇坐在與春日相隔兩個空位的吧檯座席上，這舉動也是一如往常。

「拌飯的配料有很多，我等會兒再擺上桌喔。果然再怎麼說，妖怪還是最愛米飯呢。」

我總算把飯鍋移上爐灶，開火炊煮。隱世的傳統釜飯鍋不用五分鐘就能煮好香噴噴的白飯，實在便利。

「曉，聽說你今年的特休假又全留著沒用？你是連個女朋友也沒有，唯一的興趣就是工作嗎？就是有這種男人呢。」

不知阿涼是閒得發慌還是餓得發慌，隔著春日開始找起曉的碴。她就是有這樣的壞習慣，有事沒事就喜歡鬧著年紀比自己小的曉玩。

而結束一天工作的曉已精疲力盡，回以一臉不耐煩的表情。

「你該多學學怎麼找點樂子啊。看起來脾氣暴躁又不懂得放鬆玩樂，像你這種男人，就算工作能力再強也不會受女孩子歡迎的啦。」

「阿涼，少對我囉嗦。」

「唔哇！真是沒大沒小！論資歷我可比你深，論年紀我也比你大耶！」

「那又怎樣，現在妳沒了幹部的頭銜，只是一般接待員吧。大掌櫃跟一般接待員比起來，當然是我比較偉大。」

「哼！真是個不討喜的男人！」

「阿涼小姐妳好吵。」

阿涼高分貝的尖銳嗓音實在太傷耳，讓曉和春日摀住了耳朵。

而我則默默聽著他們的對話，打開了店內廚房的冰箱。

雖然沒有足夠食材能做出一道像樣的料理，不過倒是有幾樣常備的配菜。將這些小菜取出之後，我一個人默默地笑著。呵呵，呵呵呵……

「小葵發出了好詭異的笑聲喔。」

「……反正一定又是在想跟料理有關的事吧。」

「還說我們咧，她才是夜夜煮菜的妖怪呢。」

前一秒還在拌嘴的那三人，現在開始低聲說起我的壞話。

但我才不管他們。

期待已久的新米終於煮成熟飯。我讓白飯待在鍋裡多悶了一會兒才打開，冉冉上升的熱氣伴隨著香味，令我的肚子不由自主咕嚕咕嚕叫。

將剛煮好的米飯以劃切的動作拌勻，再裝進木飯桶內。

我捻起黏在飯匙上的飯粒嘗了一口，那充滿彈性的口感與新米特有的甘甜真是一大享受。

「來，白米飯的話店裡多得是，你們儘管吃吧。」

我將飯桶擺在吧檯上，替曉跟春日用普通的飯碗添飯，阿涼的則用她平時慣用的大碗公裝了滿滿一大碗。

快從碗裡滿溢而出的白飯，每一粒都飽滿又有光澤，正是新米才能呈現出的美味賣相。

「耶，我要開動了！」

阿涼拿起筷子與大碗公，二話不說就大口大口吃起白飯。

呼……這下總算能封住她的嘴了吧。

「春日、曉，你們兩個也餓了吧？盡量吃。」

「嗯，不過要像阿涼那樣光嗑白飯，有點難以下嚥……」

「沒有醬菜之類的嗎？小葵。」

「呵呵，那不然用這個拌飯如何呢？」

我將一只罐子擺在春日跟曉之間。

他們起初愣了一下，然後仔細地打量著罐裡的東西。

春日似乎馬上就意會了過來。

「啊！我知道了。這是醬煮滑菇對吧！」

「沒錯。使用秋天剛採收的大量菇類自製的罐頭小菜，跟白飯是絕配喔，最近店裡的秋季定食都會搭配這一道。」

我打開瓶蓋，用木匙撈起滿滿的醬煮滑菇，放在兩人的飯碗上。煮得入味的菇類染上咖啡色，從米飯堆成的白色小山丘頂端緩緩流下……

這道小菜使用了金針菇、鴻禧菇和香菇，以妖怪最愛的甜醬油調味。

除了一般做法中會加的砂糖、味醂與料理酒這些必備調味料，我另外還加入紅辣椒跟醋，讓甘甜之中帶著些微辛辣口感，並伴隨微微酸味。

以常備小菜來說，這道是非常優秀的百搭款，除了搭配白飯以外，當成涼拌豆腐或是燙青菜的佐料也很對味。

春日與曉一邊將醬煮滑菇與白飯攪拌均勻，一邊大口大口掃入嘴裡。

「唔，肚子餓扁時吃飯格外美味。」

「……這還真好吃。」

兩人口中咀嚼的金針菇發出爽脆悅耳的聲音。

阿涼可能是吃膩白飯了，對於春日與曉正在享用的醬煮滑菇感到很好奇似地，從剛才開始就不時偷瞄著罐子……

「阿涼，妳要是想吃就拿去吃呀。」

然而阿涼還沒聽我說完，已經先出手把整個罐子搶了過去。

「啊啊！我的飯友！」

「阿涼妳這傢伙竟然想占為己有，太低級了！」

「春日、曉，你們不用擔心，我這裡還有其他的喔。」

於心不忍的我找了幾種看起來很下飯的小菜，拿過來給他們。

有梅肉羊栖菜香鬆、加了蓮藕的味噌肉泥、以及醋漬昆布白蘿蔔等……

食堂內的每日定食固定會附上配飯的小菜，所以平時我就會製作好幾種保存備用。

「這道是我個人強烈推薦的配菜，用水泡開的羊栖菜乾加上隨性切塊的脆梅乾肉，一起用柴魚高湯炒到收乾為止，跟白飯很搭喔。」

痛失了醬煮滑菇的曉，現在改嘗試以這道梅肉羊栖菜香鬆搭配白米飯。梅肉爽脆的口感與酸味，和羊栖菜濃郁的鮮甜一起包覆著每一粒米飯，又是另一種令人愉悅的奢侈美味。光是這道香鬆，就能予人「已不需要其他配菜」的滿足感。另外也很推薦與白飯拌勻後捏成飯糰享用，滋味相當出色。

曉另外也陸續試了一點味噌肉泥與醋漬昆布白蘿蔔，眼見這幾道小菜又受到阿涼的覬覦，我便拿小碟替她各裝了一點。

配菜的種類一多，繽紛的色彩讓視覺也能得到充分享受，也因為猶豫著「下一口飯要配哪種好」而不知不覺雀躍了起來。

偶爾像這樣盡情享受新米純粹的美味也很不錯呢。

我打算自己也來用頓晚餐，便走回廚房拿慣用的飯碗，此時……

「啊啊！我想起來了！」

對了，冰箱裡還有兩片員工早餐專用的冷凍秋鮭。

只要拿出來解凍，還能多做一道小菜！

「呵呵呵，說到飯友的經典款，當然非鮭魚鬆莫屬了……」

我二話不說把鮭魚片放上妖火圓盤解凍，去掉魚皮後放在平底鍋中略為乾煎一下表面，再加上鹽、高湯、味醂與酒等調味料後轉小火。一邊用木鏟將鮭魚肉撥鬆一邊拌炒，輕輕鬆鬆便能上桌。呵呵、呵呵呵……

「奇怪，小葵又在廚房裡呵呵笑了。」

「我聞到一股煎魚的味道。」

「欸，葵！妳怎麼一個人偷偷在裡面煎鮭魚啊！休想瞞過我的鼻子！」

「……放心吧，春日、曉、阿涼，我做的量夠大家一起吃啦。」

接著來到起鍋前的最後步驟——等鮭魚肉的水分炒乾，呈現鬆散狀後，將白芝麻與芝麻油倒入鍋內，再略為翻炒一下。

手工自製鮭魚鬆完成，就是這麼簡單。

「起鍋了起鍋了！這就是所向無敵的飯友——男女老少都喜愛的乾炒碎鮭魚，直接稱為鮭魚香鬆是不是比較好理解？」

「噢噢噢……」

「聞起來香氣十足呢。」

將鮭魚香鬆端往三人面前，阿涼與曉便馬上發出讚嘆。

他們的飯碗早已淨空，企圖再續一碗。這兩個傢伙也真是的，這次在飯桶前又為了搶奪飯匙而開始鬥嘴，所以春日主動跑去拿了另一只飯匙。搞半天她才是裡面最成熟的人啊……

「啊啊，總算輪到我坐下來吃頓飯了！」

忙東忙西一番之後，我也終於拿起自己的飯碗添了一些白飯，要來好好享受一頓消夜。

首先還是先嘗嘗口感鬆軟又細緻，才剛起鍋的鮭魚香鬆吧。

不論是用來捏飯糰或是當成便當配菜，都是相當受歡迎的拌飯配料。

一般市面上也能買到瓶裝販售的鮭魚鬆，雖然現成的也很好吃，不過我會盡量自己製作，才能依照自己的喜好來調整口味與口感。

用湯匙舀起一匙帶著亮麗粉橘色的鮭魚香鬆，放在用新米煮出動人光澤的白飯上，再一邊拌勻一邊掃入口中。

啊啊……這帶有鮮美油脂的秋鮭，正是屬於秋日的風味。雖然選擇將整片鮭魚搗碎成碎肉狀做成香鬆，不過嘗一口就會發現，那股鮮美與鹹味搭配白米飯的香甜是那麼地契合。另外添加的白芝麻與芝麻油也發揮功效，伴隨鮭魚的滋味一同在口中釋放出逼人的香氣。

「啊，這好好吃，感覺我還能再添一大碗公的飯……」

「阿涼小姐再繼續吃下去會變胖的喔，不過我也想再來一碗……」

「果然秋天就是要吃鮭魚呢，真的跟米飯是絕配。」

大家似乎都非常滿意這道鮭魚香鬆。

啊！慘了。白飯一口接一口停不下來……這樣會攝取太多碳水化合物……

另一道加了蓮藕的味噌肉泥也很棒，濃郁的味噌口味絞肉搭配口感爽脆的蓮藕，相當下飯。

想吃點清爽的東西換換口味時，就來一點醋漬昆布白蘿蔔，享受鮮脆的口感……

「葵殿下……」

此時來到夕顏的是天神屋庭園師，佐助。

佐助依舊一身忍者造型，卻抱著一只大大的竹簍。

裡頭裝的竟然是新鮮的紅殼雞蛋。

「這是食火雞傍晚下的一批蛋是也。大老闆跟小老闆說看你們只有白飯可以吃實在於心不忍，所以命我將雞蛋送來這裡是也。這樣就能做生雞蛋拌飯了是也。」

「……」

我們感受到一股電光火石般的衝擊。

生雞蛋。這是足以在飯友群雄之中稱冠的極品。

不妙啦。在這裡竟突然殺出了ＴＫＧ（註１）。沒想到能用新米做生雞蛋拌飯……

「啊，我要再來一碗。」

「啊！阿涼妳太詐了，我也要。」

「我也要，既然都端出雞蛋了嘛。」

這群妖怪在夜深人靜的此時續了白飯一碗又一碗，算了，我也不打算阻止他們。

「在下也想盡情用白飯填飽肚子是也。」

「嗯嗯，佐助你也過來坐吧。」

現場所有人都難掩對生雞蛋拌飯的期待之情。

註１：日語中生雞蛋拌飯的簡稱，取自其羅馬拼音的首字。

在熱騰騰的白米飯上預留一個凹洞，將蛋打進去，讓動人的生雞蛋完美地填補空缺。食火雞雞蛋的蛋黃呈現豔黃色。那飽滿又散發光澤的外膜，充滿令人無法抗拒的魅力。

啊啊，光用眼睛看就知道，這絕對好吃！

「生雞蛋拌飯果然還是搭配隱世的甜醬油最對味呢。」

我選擇了最經典的組合。

「醬油是也不錯，不過稍微滴幾滴芝麻油也很讚喔。」

阿涼果然走濃郁路線。

「沾麵醬加綠芥末的吃法算是少數派嗎……」

曉將視線瞥往一旁咕噥著，不過聽起來好像不錯。

「我都是配柑桔醋醬油吃喔，如果有柴魚片跟炸麵球的話也會加進去。」

春日的口味總覺得帶有狸貓色彩。（註2）

「在下都吃原味的是也。」

佐助吃東西的口味非常簡單俐落。

「嗯嗯，好好好。大家就各自用喜歡的方式享用吧。」

因應在場所有人的需求，我備齊了各種調味料擺在桌面正中央。

我還是追求經典，在蛋黃上淋幾滴醬油，用筷子戳破蛋黃的同時，稍微與白飯混合。這一瞬間所湧現的幸福感究竟是怎麼回事？

首先要品嘗還沒拌勻的口感，我先挖起一口還沒完全潰散的蛋黃入口。

「啊啊……生雞蛋拌飯第一口的口感就是不一樣呢。」

這是最能享受蛋黃濃醇風味的一瞬間。先吃下這第一口，接下來把蛋汁與米飯充分攪拌均勻，享受正統的生雞蛋拌飯。

「欸，你們聽我說，這道蓮藕味噌肉泥跟生雞蛋拌飯一起吃超搭的耶！」

春日的這個新發現，讓大家的焦點一致移往味噌肉泥上。

噢噢，這兩樣真的很對味，實在是驚人的新發現！

生雞蛋拌飯真是偉大的發明啊。光只是雞蛋配飯就這麼好吃，在調味上稍微用點心思還能營造出各種不同的風味，成為更令人驚豔的美味。

「看你們好像吃得津津有味呢。」

「啊，大老闆。」

大老闆與銀次先生一同來到了夕顏。

阿涼、春日、曉還有佐助四個人上一秒還忘我地大啖美食，現在頓時停下手上的動作，站起身子向大老闆深深鞠躬行禮。

「沒關係沒關係，你們繼續吃，難得弄來了這麼多雞蛋嘛。」

註2：日語中「狸貓」的發音同時也指「放了炸麵球的烏龍或蕎麥麵」。

他們彷彿就在等待大老闆的這句允諾，馬上坐回位置上繼續吃了起來。

「欸，大老闆你是怎麼了？好一陣子沒在這裡現身了呢。你們也要吃生雞蛋拌飯嗎？雞蛋跟白米飯還多得是唷。」

「不了，我剛才在應酬的酒席上稍微用過餐了呢。」

「我也稍微小酌了幾杯。酒的勁頭有點強，所以……呃，請容我晚點再開動。」

銀次先生與大老闆看起來的確都有點微醺。

工作上需要應酬是理所當然，不過大老闆沒事怎麼會跑來這裡？

趁著這段對話，大老闆突然不著痕跡地對我提出邀約。

「葵，明天夕顏休息對吧？若是有空，不如跟我出去約會吧。」

「……什麼？」

剛才吃著飯的四人頓時停下了手中的筷子。

而說出那番話的大老闆本人卻似乎心情不錯，笑咪咪地繼續說：

「在經過折尾屋那次事件後，一直沒能好好犒賞妳一番，還讓妳繼續忙店裡的生意。而我自己這陣子也抽不出時間來，對妳很過意不去。以我個人來說，是希望能為新婚妻子葵製造一段快樂的時光……」

「我每天都很快樂啊。」

「對了！我們去果園玩吧。摘點葡萄或蘋果什麼的，還能拿來做料理，妳覺得如何！」

大老闆緊緊握住我的肩膀，總覺得他的表情太過卯足了勁。

問我覺得如何，這我也……

「蘋果跟葡萄喔……」

我以食指抵著下巴，開始在腦海中想像。這兩種水果確實是秋天特別美味的季節特產呢。

「嗯，那就去吧大老闆，我對果園很感興趣！」

「葵，真高興妳願意答應。」

大老闆放心地鬆了一口氣，擦著額頭上的汗。

剛才在我身後吃著生雞蛋拌飯的大家也重新動起筷子。

「葵小姐，果園的位置位在我們東北大地與隔壁北方大地交界處的山區。那座山的楓葉季來得比較早，聽說現在已經轉紅了，明日請務必順便享受一下美景。」

「銀次先生不去嗎？」

「我嗎？我……」

「銀次，你也因為上次折尾屋的事情一直忙得沒辦法休假對吧？明天要不要一起同行？」

大老闆也提出了邀約。然而銀次先生交互看了看我們兩個之後，露出淺淺的微笑並搖頭。

「不了，我……我想留在旅館裡，替外出的大老闆與葵小姐看守好天神屋。」

銀次先生做出的回應，就像他平常的作風。

然而此時拒絕邀約的他，卻沒有看我任何一眼。

第二話

百目紅葉的秘境村落（上）

「跟大老闆約會喔……」

昨天的我整個人沉醉在新米的美味中，不小心隨口答應了。直到今天早上起床，我才正式意識到這個事實。

外頭傳來惹人憐愛的鳥囀，現在聽起來格外地刺耳。

同時還伴隨著一股秋日特有的涼意。

順帶一提，現在的心情是有點緊張的。

「跟、跟大老闆約會又不是什麼多稀奇的事，沒錯沒錯。」

以前不也一起去妖都吃牛雜鍋、到銀天街吃雞天、還在南方大地港口嘗了醃漬鰤魚丼嗎……

跟大老闆出門也不是一兩次的事了，事到如今哪有什麼好緊張的？

我真是不對勁啊，難不成是身體哪裡不舒服嗎？

總之我先把緣廊上的木板窗收往兩旁，吸一口早晨新鮮的空氣吧……

「葵！準備出門囉！」

「呃，有夠早！大老闆太早了吧！」

完全不留給我任何時間去擔心這擔心那，大老闆已經出現在外頭了。

他似乎是橫越過中庭，繞來了緣廊這一側，正在外頭勤快地做著體操。

我可是還穿著一身睡衣耶！

「……呃，奇怪。大老闆，你要以這身模樣出門嗎？」

大老闆化身為以前喬裝過的魚販造型，外貌比以往年輕了些。身上穿的也不是平時的氣派和服，換上了平民款。

「那當然。身為天神屋門面的我，平常的容貌已經眾所皆知，只要跟我走在一起，葵的身分也會被大家發現吧，哪還能進行我們愉快的兩人約會。」

「的、的確是沒錯……」

不過也好啦，他這副模樣也讓我的緊張感稍微舒緩了一點。

畢竟現在這個大老闆帥歸帥，身上卻毫無原本尊貴不凡的氣場。

甚至還曾被折尾屋的女二掌櫃寧寧形容成「看起來沒什麼出息的傢伙」。

「話說大老闆，明明是隻妖怪也太早起了吧！我根本還沒準備好出門耶。」

「在妳準備的這段時間，我就在這裡等妳。」

「你沒事幹嗎？你就這麼閒嗎大老闆？」

「今天難得有一整天的休息時間。白夜一直吵著要我休假，但這陣子實在沒辦法休息呢。上次折尾屋的事情，我的動作太大了……雷獸那傢伙似乎動用了中央的官員，正四處打探著。」

「……打探？」

打探些什麼？

大老闆口中的折尾屋事件，指的正是南方大地因為某些隱情而暗地裡舉行的例行性儀式。

儀式的內容是舉辦一場酒宴，款待的對象是每百年一次從常世與隱世之間的灰色地帶海域遠渡而來的奇異妖怪「海坊主」。

我在那場儀式中遭到雷獸各種從中阻撓，不過仍借助眾人之力擔任主廚，負責張羅酒席來招待海坊主。

雖然知道大老闆暗中出手給予我協助，不過聽他這麼說，看來似乎有一些更嚴重的事情，在我所不知情的檯面底下發生吧。

那隻雷獸到底在策劃什麼？

「好了，葵，別愣在那兒發呆，快去準備準備，難不成妳打算穿著這身睡衣出門？」

我乖乖聽從大老闆的催促，回到屋內打點……

「嗯，不過要穿什麼好呢？」

先前從大老闆那裡是有收到幾套和服，但全都是華麗的高檔貨，不太適合穿去採水果吧。

如果選之前在折尾屋時所穿的那套水藍色和服，好像又太過夏天了？

「嗯？」

我困惑地打開衣櫃後，發現一套從未見過的和服就放在裡頭。帶有秋日沉靜穩重氣質的暗紅色和服，搭配質地柔軟的芥末色腰帶，還附有一件外褂。和服的質感看起來相當高級，卻不會過於正式，穿起來似乎帶有休閒感。最重要的是感覺相當方便活動。

請做為與大老闆出遊的約會服裝使用。松、竹、梅敬上

上頭留了這樣一張便條，這……原來是無臉三姊妹幹的好事嗎？

「雖然很感激她們，不過為何總覺得有點不自在呢。」

我拉上外面緣廊與這間房的紙門。在房內聽見了外頭剛沖完涼回來的手鞠河童小不點與大老闆之間的對話。

「啊，是鬼先生。」

「秋天沖涼不會冷嗎？小不點。」

「一點都不會，跟這比起來，在現世討生活滴驚濤駭浪還更讓我覺得心冷，這根本不算什麼喔～」

「你可真勇猛呢，不愧是葵的眷屬。」

「唔……不過我滴嘴巴直打顫，好冷好冷。」

「過來，用鬼火暖暖身子吧。」

小不點雖然硬說著不冷，結果還是瑟瑟發抖，大老闆似乎用鬼火替他取暖了。

不一會兒之後我換好衣服，頭髮也用山茶花苞造型的髮簪盤好了。

「……花瓣開得越來越明顯了呢。」

我指的是頭上那朵山茶花花苞，現在已不知還能不能稱作花苞了。

接近開花狀態的它讓我感到不小的焦慮，雖然很想見識一下它綻放成一大朵花的模樣，但隨即要面對的就是凋零了……

「葵小姐，我肚子餓惹。」

小不點一口氣拉開紙門，大剌剌地走進房內。說到這才想到，還沒吃早餐耶。

「欸，大老闆，你吃過早餐沒？昨晚的冷飯還有剩，可以做些飯糰，帶著在路上吃。」

「葵做的飯糰是吧。嗯，真不錯。」

才剛換好和服的我又立刻套上半身圍裙前往廚房，馬上著手開始捏飯糰。

今天使用梅肉羊栖菜口味的拌飯來捏，還做了塞滿鮭魚香鬆的海苔飯捲。

由於雞蛋也有剩，我便拿來煎了雞蛋捲。

今天沒有使用高湯，也沒有加蔥花，就只是原味的雞蛋捲。調味使用鹽跟糖，再加一點美乃滋來提味。

一同擺在旁邊當配菜的，是切好塊並插上牙籤的醃漬小黃瓜與白蘿蔔。

最基本款的飯糰便當大功告成。雖然還想多加點花樣，但手邊沒有足夠食材，而且也不好讓大老闆繼續久等。今天就走經典簡約路線吧。

將料理裝進便當盒中，以大包袱巾包起來帶走。

「抱歉，大老闆，等很久了吧？」

大老闆橫臥在緣廊上拿著菸管吞雲吐霧，同時聽小不點介紹著池塘的玩伴。有螯蝦啦還有水黽之類的，滿沒營養的話題就是了。

「沒關係，等待新婚妻子梳妝打扮的感覺並不差呢。呵呵。」

「你為什麼看起來這麼開心？」

大老闆站起身，伸出手對我說：「那我們出發吧。」

我雖然感到困惑，不過還是伸出手，在他的牽扶之下，將腳伸往距離屋內地板有一段落差的地面，套上放在那兒的木屐。

畢竟身上穿著不習慣的和服，要是跌倒可就麻煩了。

「啊，葵小姐要跟鬼先生去哪裡呢？要丟下我一個人惹嗎？」

「這是什麼哀怨的口氣呀。」

明明平常總是自顧自跑出去溜搭，被留下來時反應卻特別大。

「小不點，你若想跟來就來吧，可以吃到你喜歡的葡萄喔。」

「葡萄……」

小不點從緣廊朝著我的後背飛撲而來，我能感覺到他正一邊發出嘿咻嘿咻的聲音，一邊在我的背上攀爬。

「欸，大老闆，這次又要搭空中飛船出門嗎？」

「沒錯。不過今天是私人行程，所以改搭沒有天神屋家徽的小型飛船。這回要去拜訪的果園，就座落在分隔北方與東北兩塊大地的『百目山』上。那邊是個自然環境良好又清靜的地方，妳可以好好放鬆心情，盡情採收秋天的水果喔。」

大老闆說了聲「好了，出發出發」，便從背後推著我，帶我前往停船場。

小老闆銀次先生與會計長白夜先生兩人早已在現場等候，似乎是為了來送我跟老闆出門。

白夜先生是一種名為白澤的妖怪，在天神屋內握有的實質權限僅次於大老闆。看他單手持著摺扇猛拍往自己的另一隻手心，發出啪啪啪的聲響，可想像心情似乎不是很美麗。

「大老闆，雖說是休假，但還請您各方面都不要放鬆過頭了。因為那隻蠢雷獸的關係，中央那邊的動作似乎有些詭譎，想必您也很清楚吧。」

「白夜，別這麼過度緊張，我自然心知肚明。」

「那就好。還有，葵……」

「呃，是。」

被白夜先生點名的我，出聲回應時不自覺地岔了音。

「夕顏這個月的營收數字不錯，值得嘉許。但可不能就此鬆懈，在外也要盡可能帶點收穫回來。順帶一提，謹記著——別給大老闆添太多麻煩。」

「遵、遵命！」

我不由自主立正敬禮。白夜先生的吩咐，總之還是先乖乖銘記在心方為上策。

「欸欸欸，白夜。今天可是難得的休假，我不想讓葵還要牽扯到工作的事。」

「啊，沒關係啦，大老闆。反正我本來就有這個打算。」

「……這樣啊。」

大老闆遠望著秋日晴空，不知他眼神的焦點落在哪裡。

「葵小姐，外頭有什麼狀況沒人能預測，還請多加留意安全。大老闆，留守天神屋的任務就請交給我吧。」

銀次給了一個親切的微笑。

那張笑容好像帶著一些疏離感，但又感覺就是平常的他。

「銀次，旅館內的業務就拜託你了。白夜，如果有什麼事就聯絡我。」

「我明白了，大老闆。」

天神屋的兩大幹部銀次先生與白夜先生深深低頭行禮後，便目送我們所搭乘的飛船出發。

乘坐著悠悠升往上空的飛船，我在甲板上接受晨曦的洗禮。和煦的陽光暖洋洋的，風吹起來卻帶有涼意。

一切都讓人感到心曠神怡。

「啊啊！天氣真好呢，大老闆。今天放晴真是太好了。」

「是呀。話說回來，葵，該用早飯了。」

「大老闆，你還真是耐不住性子耶……」

我們坐在甲板的長椅上，馬上打開飯糰便當。

在宜人的天氣裡肩並肩一起吃著飯糰，感覺更添美味了。昨天明明才大啖白米飯，然而加了鹽捏成飯糰之後，彷彿又是另一種全新的風味。最重要的是在戶外野餐特別有感覺。

「雞蛋捲也很美味呢，口味樸實這一點特別適合搭配飯糰。」

「對吧？如果是平常就會想加點其他料，不過今天就連調味也走清淡路線。這樣能享受食火雞蛋原本的風味，而且飯糰裡的配料也已經夠豐富了。不過雞蛋捲裡我有加一點美乃滋，讓鹹味顯得更溫醇了對不對？」

就在我滔滔不絕時，大老闆露出了很愉悅似的笑容。

「呵呵，葵親手做的便當果然很不錯呀，充滿了親切的溫度。」

「……」

大老闆雖然這麼說，但其實今天的他也特別具有親和力。

他的印象跟以前相比也轉變了不少。

不對，也許並不是他有所改變，而是這個鬼男的本性原是如此。只是我在透過與他的相處與交談之下，才漸漸察覺這一點罷了……

「其、其實本來還想再做得更豐盛點的……」

然後這樣的我突然開始後悔，沒能精心做個豐富又講究的便當，因為今天是難得的日子。實際上，平常我並沒有什麼機會做菜給大老闆吃。

不，也不是說完全沒有啦，只是跟其他員工相比，次數少得可憐。

「別放在心上。平時工作已經讓妳煮夠多菜了，偶爾隨與準備一些不用費心的家常菜色也沒什麼不好吧？這樣就已經非常好吃了。」

「不用費心的家常菜色嗎？」

的確。最近這陣子，每天都過著與宴席料理奮戰的日子。

來到隱世之前，我所張羅的飯菜單純只是為了填飽祖父與自己的肚子。來到這裡之後，卻轉化為招待妖怪客人的一項武器。

這樣的立場確實增添了緊張感，感覺也是個提升技巧的好機會。但偶爾還是會想放空大腦，做做給自己或家人吃的那種粗茶淡飯……

「葵小姐，小黃瓜、小黃瓜～～」

「啊！抱歉，小不點。來。」

我將插在牙籤上的醃漬小黃瓜直接遞給小不點。

他伸出雙手抱住並一臉陶醉地咬下，享受那爽脆的口感。

早上明明緊張得要命的我，回過神來才發現心情早已放鬆了許多。

會無意識地做了只有飯糰跟雞蛋捲的窮酸便當帶出門，可說正是最佳鐵證。

「天神屋的大老闆，還有夕顏的葵殿下，歡迎兩位大駕光臨。」

在果園入口處迎接我們的老闆帶著和藹的笑容，那張臉令我感到似曾相識。是之前曾在銀天街遇到的……我記得是名為六助的長頸妖。

夕顏店內的蔬果類食材，也都是麻煩六助先生所經營的水卷農園供應的。

「六助先生你好。」

「葵殿下，感謝您總是愛用我們水卷農園的產品。」

「六助殿下，今天要承蒙你的照顧了。不過這趟是私人行程，現在的我只是一介庶民，別太拘謹。」

「我明白的，大老闆。今天是平日，客人也不多，我想兩位可以悠閒地慢慢逛。嗯……啊，對了，山的對面那一側還可以欣賞到楓葉喔。」

六助先生緩緩拉長脖子確認山的方位，身體則繼續沿著行進方向為我們導覽。

「來來來，兩位往這邊請。」

我們總算進入果園的範圍內。首先前往的是葡萄園，也是這座水卷農園目前這時期的主力栽培區。

「哇啊啊啊！」

從我們頭頂的藤架上垂吊而下的，是結實纍纍的葡萄。紫色果實就像一顆顆富含水分的玉珠，相當地圓潤飽滿，那豔麗動人的紫宛如寶石般亮麗。秋日陽光從葡萄藤的縫隙之間灑落而下，讓這個散發香甜的空間更是滿盈著神奇的生命力。

「大老闆，好漂亮喔！這裡的葡萄果實又多又大。」

「這裡栽培的葡萄名為『大紫水』，在隱世中屬於果實特別大又富有濃郁甜味的品種。六助先生說過，最近無籽葡萄賣得特別好。」

「的確……在現世也常見到無籽葡萄呢，還有可以連皮一起吃的品種。」

「這種葡萄皮可不能吃喔，不過倒是很好剝，用手指掐著就能順順地剝掉了。」

「是喔，感覺很像巨峰葡萄？我之前一直很想做葡萄塔，也許這種正適合耶……」

雖然帶籽葡萄的優點在於能感受到果實的生機盎然，不過還是無籽吃起來方便，也利於用來做料理。

葡萄樹的個頭並不高，就連我也能輕輕鬆鬆搆到，享受採果的樂趣。採果的方式是用手托著整串葡萄的下方，然後拿剪刀剪下。

「哇……」

這股實在的重量感，正是親手採收的樂趣所在，感覺跟去店裡買包裝好的葡萄就是不一樣。

順利採收葡萄串的我，迫不及待地摘了一顆試吃看看，結果驚為天人。

「唔哇！味道好濃郁！大老闆，這個好甜又好濃郁喔。好好吃～～」

「馬上就開始試吃了是吧。」

葡萄的汁液在口腔內瞬間擴散開來，濃得令我大吃一驚，且果肉本身也相當紮實，口感雖然偏硬，但酸味卻不怎麼強烈，甜度很高。因為是新鮮現採，常溫下更能直接品嘗到最忠實的風味與口感，這也是採果的樂趣之一。

「葵小姐，人家也想吸葡萄……」

「好好好，我知道了。」

小不點兩手抓著葡萄串垂吊著，身體懸在半空中。我摘了一粒分給他。

他靈活地用嘴喙在果實表面剝掉一小塊皮，從開口處吸吮裡頭的果汁，對著果實又舔又咬。

小不點抱著葡萄的模樣總讓人覺得真是可愛。

「接下來是蘋果對吧。順便買一點回去，給天神屋的大家當土產好了。」

「蘋果喔，保存得當可以放滿久的，我也想要多買一點回去耶，畢竟蘋果能做很多料理。」

我們將裝滿葡萄的竹簍暫時託給六助先生保管，幹勁十足地準備前去採蘋果。

蘋果園就位於葡萄園後面。

蘋果樹的高度差不多比大老闆還要高一些，有著圓滾滾的輪廓，上頭結滿果實。

「哇！紅冬冬的耶。」

蘋果不但吃起來美味，光用眼睛看都覺得賞心悅目。

我鍾愛這意味著已熟透的豔紅色，以及那圓潤飽滿的外形。簡直可愛得令人想永遠把它當成擺飾品，但我仍無法抗拒對味道的好奇心。

用剪刀剪取一顆，用力擦了擦新鮮果實的外皮之後，我馬上咬一口試試味道。

第一口咬下的瞬間，酸中帶甜的果汁與高雅的香氣便在口中蔓延開來。口感偏硬而爽脆的果肉釋放出豐沛的水分，發出清脆的聲響。

沒錯沒錯，這就是蘋果該有的滋味。

「葵，嘗起來甜嗎？」

「嗯嗯！甘甜之中帶著恰到好處的酸，味道非常香濃。水卷農園所產的水果品質果然沒話說耶。啊！大老闆，那邊的蘋果好像又是不同的品種，我們去看看吧，去看看！」

「葵，別太激動了。」

我拉著大老闆東看看西瞧瞧，發現蘋果園裡栽種了眾多不同的品種，每一種果實的風味與甜度都不同，讓我真想全部嘗過一遍。

「大老闆你看，海拔再高一點的地方也有種植蘋果樹呢。」

然後我又發現還有其他蘋果樹被種在往山頂去的位置，略顯得突兀。

蘋果園內的蘋果樹基本上都生長在平坦開闊的地方，但卻有一小片長在鄰近於一旁的山區處，色彩特別地亮眼。

那種果實呈現帶桃紅的豔紅色，彩度相當高，看起來簡直就像在閃閃發光。

「那是一種山蘋果。」

「……山蘋果跟一般的蘋果不同嗎？」

「山蘋果稍微帶點酸，果肉也比較硬，本來幾乎沒什麼人拿來食用，直到最近才開始比較普及化。近來水卷農園也開始推出用山蘋果釀的酒呢，雖然目前還不太為人所知。不過之前六助先生送了天神屋一瓶，我正好昨天試了一點。跟銀次在應酬的宴席上所喝的。」

「說到這個……你們兩個昨天的確都有點醉了呢。」

「這山蘋果酒雖然風味迷人，但是容易醉呢。」

「呃，是喔……」

山蘋果釀的酒啊。雖然很好奇滋味，但……我對酒實在沒什麼美好的回憶呢。之前曾經喝了天狗祕酒，結果釀成一發不可收拾的事態。那次的經驗至今仍造成我心裡的陰影，從那之後我就盡量避免沾上酒精。

「啊哈哈！別露出那麼僵硬的表情嘛。雖然這酒確實容易醉，不過不太會引發宿醉，一覺醒來後神清氣爽。聽說很適合在休假前一晚小酌一杯，對身體健康也有益無害……畢竟這是水卷農園新推出的品牌，離開前買一點回去好了。」

「大老闆，你只是自己想喝吧。」

「……銀次他也很中意呀，我是要送他的。」

大老闆一邊說著，眼神卻開始游移。

我們朝著山上爬，來到山蘋果樹所生長的位置，親眼見識一下這裡的果實。發現個頭比我預期的還大上一圈。

我採了一顆咬一口嘗嘗，酸味確實勝過甜味，果肉也有一定硬度。

「這個不但能拿來釀酒……也很適合做果醬耶。」

製作果醬時需要加砂糖熬煮，而這種蘋果帶酸味又不容易煮爛，正是最適合的材料。

我肩上的小竹簍已經塞滿果實，於是便把這些山蘋果一顆顆扔進大老闆背的大竹簍裡。

不過，話說回來……

「大老闆，你用目前這副容貌做低調的打扮，果然很有下層階級的感覺耶。很適合背著竹簍喔。」

「……當著我的面稱我為下層階級的，妳可真是頭一個呢，葵。」

大老闆說道，然而他臉上的表情卻莫名開心。

「差不多該出發前往其他果園了吧？竹簍也已經被蘋果填滿了呢。」

「嗯嗯，採的量應該已經足夠了吧。」

果園內的角落設有一小塊能生火煮果醬的區域，於是我跟大老闆便朝那邊前進。

走在後頭的我，看見小不點正在前方大老闆肩上的竹簍裡頭四處玩耍著。看來他似乎在玩勇闖迷宮遊戲，在堆積如山的蘋果縫隙之間鑽過來又鑽過去。

「小不點，你不要玩蘋果玩得太起勁囉。」

「我明白滴。我是聰明又優秀滴妖怪，不會欺負蘋果。」

然而就在途中，其中一顆蘋果因為小不點四處鑽動而從竹簍裡滾了出來。

「啊，不小心弄掉惹。」

小不點從竹簍裡探出頭來，悠哉地目送滾落的蘋果，臉上一點罪惡感都沒有。我急急忙忙地追著滾出來的蘋果跑。

那可是我打算拿來製作果醬的紅蘋果，一顆也不想浪費！

「咦？」

然而那顆蘋果轉眼便消失無蹤。

原來蘋果滾落到一個巨大的坑穴中，只是被地面的草叢所掩蓋住，所以我沒發現。

呃，此時我腳上穿的木屐被樹根絆住，於是連我也以倒栽蔥的姿勢跟著蘋果一起往大洞裡一躍而下了！

「呃啊啊啊啊～～」

「葵？」

我肩上竹簍裡的蘋果們也伴隨我的墜落，紛紛飛了出來往下滾。

這個跌倒的畫面肯定非常滑稽又具有衝擊力，我全身都在地面上撞來撞去，好痛。

「葵……葵！」

「啊，看樣子已經沒救惹……」

我感覺到大老闆的呼喚聲以及小不點的無情評語，漸漸離我越來越遠。

匡隆匡隆，匡隆匡隆……我簡直就像被裝在竹簍裡的那些蘋果之一，一起被放在某條生產線的輸送帶上，等著被包裝出貨……

此時的我竟然還有空悠哉地想這些。

「疼疼疼……」

最後我所滾落的終點，是一座圓形廣場。這裡被山崖所包圍，地面上鋪著一層柔軟的落葉。四周全是陡峭的山壁，我只能從高聳的樹林縫隙中微微窺見上空。

我轉了一圈確認周遭環境，已不見剛才我所滾落的洞穴通道。

「哇，是秋紅蜻蜓。」

這裡只有寂靜，以及紅楓。

還有小小的清泉，凋零的楓葉漂浮其上，將水面染成一片紅。

無數的紅蜻蜓正交錯飛舞於泉水之上。

紅、橙、黃與褐色的落葉在地面上層層鋪疊成一整片地毯，營造出相當壯觀的畫面。

這是如此動人的秋日森林美景。

意識到楓葉的存在之後，一段與祖父有關的往昔記憶，好像幾乎快從腦海深處甦醒……

「呃，對了。大老闆呢……大老闆！大老闆！」

現在可不是恍神的時候。我大聲呼喚著大老闆，然而聲音就只是傳去山壁上又反射回來，在我的周圍迴響著。

大老闆似乎不在這附近。

「天啊……真沒想到連去個果園也會迷路。」

在隱世走丟的經驗我是有過不少，不過這次的狀況應該稱不上遇難吧？

「還、還是不要想太多好了……」

總之先在原地等待救援。我開始把周遭散落一地的大紅色蘋果撿回來。

蘋果全數平安地歸來了。雖然有幾顆撞傷，不過要拿來吃的份應該還夠。

就在此時，一陣沙沙聲響傳來。我感到背後有其他動靜，嚇得轉頭往回望。

「是……是誰？」

從森林深處現身的那些身影，臉上戴著雙眼好似蘋果般赤紅的猴子面具，身上披著蓑衣。

他們將我包圍，人數看起來還不少。

「是女的。」「……是人類姑娘。」

他們低聲交頭接耳，透過面具上所開的窺視小孔彼此使眼色。

由於身後就是崖壁，我只能在原地動彈不得。

「幹、幹嘛！欸！你們……」

這群形跡可疑的傢伙緩緩朝著我逼近而來，難不成是打算吃了我？

然而他們從蓑衣中掏出神祕的木棒並且點火，讓煙霧飄往我這邊。

「……？」

傳來一股甜中帶著苦澀的陌生香味。
就在我確認這股氣味之後，霎時便失去了意識。

○

我作了一場夢。是封存於古老記憶中的一場夢，與楓葉跟蘋果有關。
其實我小時候去過祖父的老家，僅僅一次。
那是在我讀小學四年級時，季節好像正好是秋天吧？我記得是祖父為了弔祭他的母親，而前往位於東京郊區的一棟大宅。那時我也被他一起帶過去了。
對祖父而言，回到久久不見的這個老家，心裡應該也很懷念吧？
記得他好像一臉感慨萬分地望著穿梭於屋外庭院的秋日蜻蜓。
「啊啊……對耶，都忘了。這裡每到秋天就會出現成群的秋紅蜻蜓。」
「爺爺，秋紅蜻蜓是什麼？」
「……就是紅蜻蜓喔，葵。」
祖父跟老家的人已經斷絕了關係。
特別是被稱為本家的這棟宅第，他似乎甚至從未靠近。
因此他與自己的親生母親也一直處於見不到面的狀態。以我的立場來說，對方應該算是我的曾祖母，不過我當然也從未見過在世的她。

就連她去世時，祖父也沒被列入告別式的親屬名單內，只能像這樣事後被叫過來，私底下進行弔祭。

這是我第一次，也是最後一次來到這個家。不過我還記得那真的是一棟非常氣派的大房子。

祖父他會不會其實是有錢人家的少爺啊？

「沒能在太夫人病危時通知您，真的非常抱歉。身為本家的立場，這方面還是有難處在，所以……」

「無妨。家母的死，全是因為……我背負的『詛咒』所害的。真的對你們很過意不去。她生前明明是個那麼強韌的人……彷彿殺也殺不死。」

「太夫人也曾說過一樣的話，直到臨終前都還掛念著史郎先生您喔。總之請先移駕到佛龕前吧。」

邀請祖父前來祭奠的壯年男子說道，並將我們帶往位於屋內深處的佛龕前。佛龕的規模相當地氣派。

……詛咒？

祖父低聲道出的那兩個字，雖然令當時的我感到詫異，不過我也沒想太多，沒多久就忘了。

然而現在試著回想起來，我開始覺得其中似乎包含了一些很重要的事。

「……葵，妳也來拜一下曾祖母……媽，她就是我的孫女，名叫葵。」

祖父在巨大的佛龕前把我介紹給他已故的母親。
佛龕上供奉著許多色彩豔麗的蘋果，那個畫面讓當時年紀還小的我留下了相當深刻的記憶。
在線香的氣味與裊裊煙霧之中……
那抹紅色顯得特別亮眼又美麗，所以印象特別深。
對於素未謀面的對象，當時的我不知道該用什麼心情祭拜才對。
然而我瞄了一眼身旁的祖父，從他側臉所流露出的，是我至今未曾見過的悲傷與寂寞……那張表情我現在仍記得清清楚楚。
「葵，妳在這裡等我一下。」
祖父說有事情要跟男性親屬商量，要我留在屋內的榻榻米房間裡等他。這間房裡設有緣廊，與戶外的庭院相連。猶記得當時秋天的紅蜻蜓透過敞開的窗戶，悠悠然地穿梭於房內外。
為什麼我會待在這個地方呢……
我一屁股坐在緣廊上，望著黃昏時刻紅如火的天空，思考著這個問題。
雖然不安地心想自己是完全不屬於這個家的人，但待在這間屋子裡的我，並不會覺得不自在。像這樣有年代的老房子特別容易吸引妖魔鬼怪，然而這裡卻感受不到任何帶有惡意的存在。
當時的我覺得待在這個家就像受到某種庇護，令我充滿安心感。
現在想想，那也許就是類似結界之類的東西吧。
「妳是人類？」

「……？」

一句質問突如其來地拋向我。

我這才發現，有個男孩不知何時已站在我身旁。

由於他髮色帶橘的關係，一瞬間我以為他不是人而是妖怪，嚇得全身一僵。

妖怪……不對，他是人類。大概是低年級小學生的孩子。

然而對方的眼神卻與我一模一樣。

他的雙眼沒有一點稚氣，彷彿在刺探著眼前對象的真面目。

「我……『也』是人類唷。」

我小小聲地回應，對方仍然擺著一張臭臉，「喏」了一聲把托盤遞過來。上頭放的是裝著蘋果切片的玻璃盤，還有裝了牛奶的玻璃杯。

「這些是媽媽叫我端過來的。」

我接過托盤後，對方便像是逃命似地一溜煙跑走。這一點該說果然還是小孩子嗎？

途中傳來「茜，不能用跑的」的責罵聲，似乎是來自他的母親。

那孩子原來叫茜啊，和這黃昏時分的天色以及紅蜻蜓有著一樣的名字呢（註3）。

蘋果切片的外皮切成兔子造型，看起來相當可愛，也能感受到這戶人家的母愛。

那男孩平常一定也吃著這兔子蘋果吧。

我拿起一旁附的小叉子叉起蘋果片，從尾巴開始吃。

「啊，好甜。」

而且還是冰涼的。這蘋果事先放冰箱冷藏過了，沁涼的口感吃起來相當舒服。

吃蘋果配牛奶，這樣的組合總讓我有種相當懷念的感覺。

很像小孩子。沒錯，這是只有孩子才能體會的秋日滋味。

不知道那個孩子現在怎麼樣了？過得還好嗎……

應該再也沒有機會見面了吧。

然而眼前的紅葉與蘋果，讓我不小心回想起那段存在於往昔，僅只一次的邂逅。

○

咚咚隆咚……咚咚隆咚……

「……」

睜開眼皮的我，發現這裡是岩洞裡的一間老舊大廳，光線昏暗不清。

而我整個人被橫放在大廳前方所設置的巨大祭壇上。

註3：日語中常以茜色（あかねいろ）形容被染紅的黃昏景色，另外，茜（あかね）也是紅蜻蜓（赤トンボ）的別稱。

旁邊還擺了數量龐大的供品。

為數眾多的蠟燭火光搖曳著，還供奉著鮮花素果、豬頭與鹿角什麼的。

「這、這是怎樣？」

那群戴著詭異猴臉面具的妖怪們站在我面前，演奏著太鼓並且獻舞，展開類似儀式的活動。

「是巫女大人。」「她醒過來了。」

他們低聲地交頭接耳著。

巫女大人？

「呃，為什麼……要什麼要拜我？」

狀況實在過於荒謬，於是我鼓起勇氣開口詢問。

然而那些身穿蓑衣的猴面妖怪們，不知為何紛紛喊著「是～～」並且對我跪拜。

「人類姑娘，對我們棲息於山中村落的玃猿一族來說，您就是巫女。」

「請解救我族免於災厄。」

「……」

這群名叫玃猿的妖怪，從剛才就一直把我當成神來崇拜。

雖然感覺他們沒有加害於我的念頭，但這種舉動也滿讓人抓狂的。

「呃……我是來山邊那座果園採水果的，可以讓我回去嗎……」

猴面妖怪們猛然抬起臉。色彩繽紛的猴臉面具實在過度具有壓迫感，讓我不由自主嚥了一口口水，這些妖怪跟我平常所接觸的種類，氣質大不相同。

感覺就好像住在某個祕境裡的部落民族還是什麼來著……

「巫女呀。」

「不，我不是什麼巫女啦，我只是個普通人類。」

我矢口否認之後，他們卻聚集成群並議論紛紛。

「巫女大人想要活祭品，快把活祭品搬來這裡。」

「啥？活祭品？」

他們似乎完全沒在聽我說話耶。而且更令人震驚的是，被套上繩索拖來現場的活祭品，是一位黑髮帥哥，長得很像……

「呃！大老闆怎麼像個奴隸似地被五花大綁起來了！」

被帶來我面前的，無庸置疑正是天神屋的大老闆本人，年輕版本的。

到底是因為這副容貌太沒氣場才沒被認出來，還是這些妖怪本來就不認識這號人物？

他他他、他們知道自己幹了多失禮的事嗎！

天神屋的大家要是知道了鐵定怒髮衝冠，難保這裡不會化為一片火海！

而大老闆本人卻轉著頭東張西望，發現我在祭壇上一臉慘白之後，便露出孩童般天真的笑容。不愧是老神在在的大老闆，我甚至懷疑他根本樂在其中。

「巫女大人，這是我們發現徘徊在村外的可疑分子。」

「這個活祭品請您隨意處置，要煮要烤要生吃都行。」

不不不，人類女子並不會吃妖怪好嗎！

「那我請你們趕快替他鬆綁，他可是來頭不小的人物啊！」

「是～～」

玃猿們依照我的要求，解開了大老闆身上的繩子。

「呼……真沒想到會有被五花大綁的一天，嚇了我一跳呢。」

「你的表情完全不像有嚇到，看起來反而樂在其中耶。是說你為什麼這麼輕易就被逮住啦！」

「我剛才在找妳，然後來到這個玃猿的村落。我想說乖乖就範比較方便潛入囉，結局就是現在這樣。總之最後能跟妳會合就算是成功囉。」

「以大老闆的立場來說，這樣的會合方式算成功是吧……」

玃猿們緊盯著我跟大老闆看，然後又再度偷偷交頭接耳。

真是一群讓人發毛的傢伙。把我們帶來這地方到底打算幹什麼？

「真傷腦筋呢。」

大老闆雙手往腰上一扠，解除了喬裝狀態。

以一般情況來說，此時在場的大家應該會驚呼：「是天神屋的大老闆！」然而這群玃猿就只是滿頭問號。

在一陣難以形容的沉默過後，大老闆清了清喉嚨。

「葵，這裡是名為百目山的山區。我是曾聽說過百目山裡有個玃猿棲息的祕境村落，但這還是頭一遭來訪。畢竟這裡是北方大地的管轄區域。」

「是喔？所以說這裡已經算是北方大地內囉？」

「是可以這麼說啦，不過算是東北大地與北方大地之間的邊境……」

大老闆凝視著玃猿們，他們再度開始敲響太鼓，並在祭壇前獻上帶有儀式意味的舞蹈。

「據說玃猿在古時候是一種會強擄人類姑娘的妖怪，不過現在受法令禁止，所以他們改為將人類姑娘當成巫女來崇拜。」

「所以我才會被綁架過來，又這麼備受尊敬囉？」

「不過呢，說起來也是有點詭異。就算再怎麼崇拜人類姑娘，強行擄人還是會受到法律制裁的，感覺這樣的行為應該是出於某種目的……」

就在此時，太鼓的聲響瞬間靜止。

宗廟的門扉敞開，一位年邁的玃猿踏入了室內。

「長老大人駕到～～」

那位玃猿身穿的蓑衣比在場所有人都長，脖子上掛著用某種骨頭製成的首飾，臉上戴著老猴面具，面具的表情看起來很睏的樣子。

他一邊拄著枴杖，一邊依靠隨侍的攙扶前行，來到我所位於的祭壇前方坐下。

「降臨於我們玃猿一族村落的巫女大人呀，現在需要您拯救我們。」

「是～～」所有玃猿又再度趴地跪拜，我已經搞不懂現在到底是怎麼一回事了……

「呃，長老大人……是吧？這是怎麼一回事？從剛才就直喊著救命，到底要我救你們什麼？」

「從隱世最北方而來的山賊們，正對我族村落造成重大威脅。」

「山賊？」

我與大老闆面面相覷。

大老闆似乎想到了什麼，手扶著下巴並且瞇起雙眼。

「北方來的山賊，難不成是……尾圖魔團？」

「大老闆你知道喔？」

「嗯。曾聽說過有一群山賊來自最北邊連綿的大冰河連峰，在各座山上鬧事的消息。不過真沒想到他們的魔爪會伸得這麼遠，來到鄰接東北大地的這座百目山呢。」

身為治理東北大地的八葉，大老闆對這件事應該無法坐視不管吧。他的神情相當嚴肅。

「欸，那山賊們到底對你們村落幹了什麼事？」

試著深入詢問後，玃猿們紛紛發出低沉的吼聲，彷彿響徹我的體內。

「我們已經成了尾圖魔團的手下。」

「嗯？這是怎麼回事？」

「尾圖魔團這幫山賊約有二十人一起行動，不過底下的爪牙遍及各座山，我們也只能屈服於他們的麾下。」
長老用含糊的聲音開始娓娓道來。
「那幫傢伙某一天來到村落裡侵門踏戶，對我族暴力相向。無計可施的我們只能投降並接受他們的支配。在那之後，他們將這裡當成主城之一，每晚回到這裡舉辦宴會。他們把村落裡的食物吃光，酒也喝完，喝醉之後就是鬧事。村裡原本儲備的糧食已經被吃掉一半了，再這樣下去我們就無法過冬了。」
「原來如此，簡單來說就是惹事生非的麻煩傢伙就對了。」
所以才把我抓來祭拜嗎？
「巫女大人，請您解救我族……」
這群玃猿又繼續對著我拜，尋求我的幫助。
我是能充分感受到他們拚命抓著最後一根稻草，死馬當活馬醫的心情，但這樣的事件並不是光憑一介人類小姑娘就能輕鬆解決的。
「長老，你聯絡過北方八葉了嗎？」
此時大老闆用充滿威嚴的聲音詢問對方。
長老抬起臉，隔著面具仔細端詳著大老闆。
「天啊！這位不是天神屋的大老闆嗎！」

「嗯哼，總算發現啦。」

「大老闆，你好像覺得很可惜耶。」

大老闆原本享受著微服出巡的樂趣，在身分曝露後便露出很可惜似的表情。

然而長老此時摘下面具，深深低頭行禮。那張臉龐上滿布歲月痕跡，與原本的老猴面具沒有太大差別，似乎年事已高。

其他玃猿則依然無動於衷，沒能意會到大老闆是何等身分，從這點就能知道，這裡應該是與世隔絕的偏遠地區吧。

「大老闆，還請您原諒我們的無禮之舉。」

「無妨，現在不計較這些了。重要的是，北方八葉……果然不願行動嗎？」

「是的，大人不願意提供任何協助，甚至還對山賊們的惡行睜一隻眼閉一隻眼。」

「……果然如我所料。」

「咦，這話是什麼意思？大老闆。」

我不太能理解眼前的狀況。一般來說，這種時候不是應該由治理當地的八葉出面嗎？以現在來說就是北方大地。

大老闆依然用手抵著下巴，開始為我說明原委。

「其實呢，北方大地這裡一直有些問題。這片土地有著『冰河之地』的別名，領土面積位居隱世第一，坐擁巨大冰城，是歷史悠久的一片土地。不過，由於自然環境嚴苛，也被認為是最難治理的一區。現任八葉是一位極具影響力的高位者，所以北方大地這裡有一段時期算是國泰民安。然而……那位八葉目前臥病在床。」

原來啊……不只關係密切的南方大地有一些內情，北方大地這裡也有一些難言之隱啊。

「所以呢，這裡也開始動盪不安，過去被壓制的那些山賊又開始在各座山上互爭地盤，而尾圖魔團又是其中特別龐大的一股勢力……話雖如此，既然現在他們的魔爪都接近我所管理的東北大地了，我想也必須給他們一點教訓了。」

大老闆頂著一張英氣凜然的帥氣表情說道。

玃猿長老並沒有錯過大老闆的這番宣言，猛然瞪大了剛才還悶悶不樂的低垂雙眼。

「北方大地的八葉已經靠不住了，但若能得到天神屋大老闆以及巫女大人的協助……還請兩位挺身而出，替我族村落擊退山賊。」

「喔？把我的新婚妻子推入洞裡活捉過來，還敢提出這麼厚顏無恥的要求啊，我可是還被你們五花大綁了呢。」

「……」

不，這兩件事要歸因於我犯傻沒看清楚，還有大老闆你形跡可疑的舉動吧……

「難得開開心心出來採蘋果，我跟葵的這場約會卻被迫中斷。要是害我因此被她討厭了，你們要怎麼負責？嗯？」

「大老闆，你後半段完全挾帶私怨耶，況且我才不會因為這點小事而討厭你啦。」

「葵，妳說真的嗎？不討厭我，那、那所以是喜歡囉？」

「嗯～這就難說了。」

面對滿心期待的大老闆，我隨便地給了敷衍的回應。

玃猿們開始群起騷動，大老闆也很明顯陷入低落狀態，在我旁邊蜷縮起身子。有、有必要這麼沮喪嗎……

「所以說……尾圖魔團他們現在在哪裡？」

大老闆仍維持一臉生無可戀的表情，不過轉回了正題。

「昨天還在隔壁山上爭地盤，今晚預計會回到這裡舉辦宴會慶祝。」

大老闆「嗯～～」地低喃著，然後瞥了我一眼。

「葵覺得該怎麼做比較好呢？」

「咦？我？」

大老闆很難得會在這種情況下徵詢我的意見。

我思考了一會兒，一本正經地回答：

「這裡的居民們都說過冬的存糧快耗盡了，我覺得他們很可憐。」

「哈哈哈！葵果然還是最擔心沒東西吃啊，明明被擄來當成神明強行許願，性格還是老樣子，只要扯上食物的事，就無法對妖怪置之不理呢。」

「雖然因為掉進洞穴陷阱害我摔得全身疼，不過畢竟他們也沒有要對我不利。」

「什麼！身上有哪邊很疼嗎？讓我看看，也許都瘀青了也說不定。」

「大老闆，現在不是討論這些的時候吧。」

大老闆因為我話中的關鍵字而相當激動，讓話題又偏離了重點，於是我趕緊修正了回來。看著我們對話的玃猿們又陷入困惑之中。

「咳咳！好吧，畢竟我也是八葉之一。雖然這是北方大地自己的問題，但是難保山賊哪一天不會大搖大擺入侵東北大地。在此先發制人，掃蕩那幫山賊也算是我的職責。看在心胸寬大的葵幫你們說情的分上，要我幫忙也是可以囉。」

「噢噢噢……」

大老闆的答案讓玃猿們看見了一絲希望，發出安心的聲音。

「以一般情況來說，鬼都是扮演被擊退的反派才對，沒想到在隱世卻成了英雄呢。」

「葵，妳就這麼不想當我的妻子嗎？」

「你都已經擅自喊得那麼順口了，事到如今還有過問我的意思嗎？」

「與妳一起並肩坐在祭壇前，總覺得好像哪來的國王與王妃喔。」

「在這種狀況下你還真能苦中作樂呢，大老闆。」

連我都深刻地感受到，自己真的越來越懂得如何敷衍大老闆了。

然而……

「很好。所以說呢，葵，妳先回去天神屋。」

「咦咦？」

大老闆突然下令要我打道回府，剛才明明還說看在我的分上耶！

「為、為什麼？我也要幫忙！」

「不行。山賊是一群卑劣的武裝集團，讓女兒身的妳留在這，恐怕會讓妳也遭遇危險。」

「如果這麼說，那你單槍匹馬不是也很危險嗎？」

「怎麼？妳是在為我擔心嗎？」

大老闆湊近凝視著我的臉，立刻露出壞心眼的笑容。

「我可是鬼，跟柔弱的妳不同，這次的事情並不能靠料理來化解。」

「這、這個……我當然知道。」

的確，我應該幫不上任何忙吧，而且這次狀況不同於過往，有可能演變成武力鬥爭場面。可是……

「可是，我想說至少我可以在幕後幫忙準備宴會料理啊。」

「妳又這樣子，每次看準時機就想溜進廚房。」

大老闆一臉無奈的表情看著我，然而我視若無睹。

「可是就……啊，對了。乾脆在菜餚裡摻入安眠藥，等他們不醒人事之後再一網打盡就好啦？」

「咦！」

我神來一筆的驚人提案令大老闆一臉呆愣。
玃猿們也全僵在原地。
這個作戰計畫果然還是太老套了嗎？
「幹、幹嘛啦……這是什麼氣氛。我知道這很老套啦，開玩笑的。」
「不……不愧是葵，我是想說這果然很像史郎的孫女會想出的點子。」
「意思是很低級囉？」
「呃，不是的，葵。妳就像身經百戰的猛將，真是個足智多謀的賢妻呢！」
「大老闆，不用硬是要圓場啦。」
這才發現自己遺傳了祖父愛耍小聰明的狡詐性格，我遙望著遠方。
「這招的確很傳統，不過正因如此，也許不失為一個好主意呢。嗯哼，利用剛才採收的山蘋果，與百目山上的楓樹枝，應該就能完美布局。」
然而我老套的提議，似乎讓大老闆的腦海裡閃過了一道靈光。
他輕輕將手搭上我的肩，露出一張鬼男本該擁有的邪惡表情。
「葵，這一局應該可以讓妳徹底發揮所長了。」

第三話

百目紅葉的祕境村落（下）

「哇……好壯觀。」

踏出設置祭壇的大廳後，外頭是一條挑高的通道，路幅相當寬廣，在這裡放眼望去，就能看見對面山上沿著岩壁一路開始轉紅的楓葉。

我們似乎位於海拔頗高的位置，感覺得到些許寒意。

「玃猿所隱居的村落，就是在岩壁上鑿洞來打造成棲息的居所。這面岩壁上長著生命力強韌的楓樹，其枝葉成為通道與洞穴的最佳隱蔽，所以這裡才被稱為隱居村落。」

大老闆走來我身旁說明給我聽。

的確，仔細觀察之下才發現岩壁上其實布滿洞穴與通道，這些全被色彩豔麗的紅葉完美遮蔽住了。

總覺得這裡的楓葉比一般的更偏朱紅色，並且帶有光澤感。被強風吹來的紅葉在我的腳邊盤旋飛舞，隨後擦身而去，充滿神祕的氣息。那閃耀的光彩就像紅寶石般耀眼……

「這一帶的楓葉稱為『百目楓樹』，據說只生長於這百目山的山頂地帶，相當罕見。楓葉枝點火燃燒之後，會產生具有輕度安眠作用的煙霧。」

聽說我被帶來這裡前所聞到的那陣煙霧，也是使用這楓樹枝所燒出來的，難怪我當時馬上就失去意識。

不過據玃猿們所說，山賊對這一點早已知情，他們對這種煙霧相當警戒，都使用自己準備的薪柴來生火。

所以才需要用山蘋果來做料理。

「雖然這是我自己提出的點子，不過……真的行得通嗎？」

在那之後，我前往玃猿幫忙在村裡準備的空廚房，一個人站著思考。

這間廚房裡備有氣派的大石窯，還有許多石製的舊式烹飪器材，拿起來很重。

大老闆吩咐我「盡量利用山蘋果入菜」，多做點料理。

會這樣要求，也是因為這次作戰計畫中需要讓山賊們吃下大量的山蘋果。

「葵，我拿過來囉。」

大老闆帶著滿滿一竹簍的山蘋果踏入廚房。

聽說是百目山上的部族把剛才在果園摘取的份還給我們了。

「欸，大老闆，光靠山蘋果真的就行了嗎？」

「是呀，我剛說過吧？山蘋果會對百目楓樹樹枝中的某種成分有所反應，讓易醉的成分大幅提升，樹枝的煙霧也是靠此成分達到安眠效果的。」

據說山蘋果的酒裡也加了百目楓樹枝一起下去釀造而成，這是大老闆從六助先生那邊打聽到的商業機密。雖然被他大嘴巴講給我聽，企業機密也已經不機密了就是。

「欸，那直接端出山蘋果酒給他們喝不就好了？」

「那是水卷農園的獨家商品，在這個村落裡並沒有生產。不過聽說這裡有種當地美酒特別受到山賊的喜愛，如果能做出對味的下酒菜，也許就能順利讓他們中招。更何況葵妳還擁有成功完成上次酒席的亮眼成果，所以想請妳用百目楓樹枝當薪柴，來烹調以山蘋果製成的料理。」

「……原來是這樣呀。」

雖然我冷淡地回應大老闆提出的要求，其實內心相當躍躍欲試。

因為我早就想快點試試用這些山蘋果來入菜了。

用蘋果做成的料理來擊退山賊，聽起來有點太可愛就是了。

「我知道了。事不宜遲，這裡有哪些食材可以使用呢？山賊們平常都愛吃些什麼料理咧？」

我轉頭張望著四周，環顧一圈這間完全由灰色所構成的廚房。此時——

「……岩豬。」

廚房出入口站著兩隻年幼的小玃猿，手裡抱著竹簍。

「岩豬是我們村落平常養來吃的家畜喔。」

「我們把岩豬放養在森林裡，平時用山蘋果與橡果當飼料，山賊也很喜歡吃岩豬肉。」

他們兩個臉上戴的並非全罩式面具，而是小孩用的眼罩。

「是喔，岩豬啊。難道當時擺在祭壇上當供品的豬頭也是岩豬囉？欸，雖然在村裡糧食短缺的此時有點難以啟齒，不過，我可以用岩豬肉當食材嗎？」

兩個小朋友輕輕點了點頭，用可愛的聲音告訴我：

「反正今晚的宴會勢必得為他們準備菜餚。」

「長老說這些是要給巫女大人的，他說只要是這個村落裡的物產，都可以任妳使用喔。」

他們所拿來的竹簍中裝滿了食材，其中已放有岩豬肉塊。

肉質真漂亮，部位看起來是五花肉吧。不過肥肉卻不會太多，油脂比例感覺恰到好處。

既然是吃果實長大的，那不知道肉質口感是不是接近伊比利豬（註4）？

竹簍裡另有剛下的雞蛋、充滿秋天風情的香菇、地瓜以及數種基本蔬菜。

「嗯？這是什麼？」

翻著竹簍內容物的我發現了某樣東西。

裡頭還有一條圓柱狀的起司，表面被草木灰覆蓋住。起司在隱世並不是隨便就能入手的東西，在這裡卻理所當然地被放在日常食材中，這一點讓我很吃驚。

「欸欸大老闆你看！是起司耶！起司！」

註4：源自西班牙的高級黑毛豬種，放養於林中，以橡果為飼料。

「北方大地的酪農業相當發達，起司的製法也已經有相當的成熟度。特別是這些從事畜牧的山區居民，就算獨自開發出一套自己的製程也不意外。」

「啊！是喔。原來是這樣。」

的確，夕顏所使用的乳製品也是北方大地的酪農戶所供應的。而且南方大地的旅館也有客房服務專用的起司，一樣是從這裡採購的。

「這是用岩山羊的羊乳做成的。」

「很好吃喔。」

兩個玃猿小朋友從懷裡掏出小刀，以熟練的手法切下起司的邊緣遞給我。看來起司在這裡確實是相當普遍的食材吧。

不過老實說，我不太能接受羊奶類的起司耶……

羊奶製成的起司與牛奶不同，散發著獨特的風味，酸味也很強烈。我戰戰兢兢地嘗了一口。

「嗯？」

這種羊奶起司經過充分的熟成，口感相當柔軟綿密。

而且酸味並沒有我預期地那麼強，仍保留著溫醇的奶味。

最重要的是相當順口，跟我至今所吃過的不太一樣。

「這、這個……真的是羊奶做的起司？很好吃耶……」

「上頭灑的草木灰也是用百目楓樹的木屑燃燒後的灰燼喔。」

「岩山羊是由我負責照顧的喔！」

兩個孩子似乎是對於我用「好吃」來稱讚村落裡的食物而感到相當開心，各自興奮地說著。他們這副模樣實在充滿可愛的稚氣。

雖然雙眼被眼罩遮住，不過我能從那一開一合的嘴型與聲音之中想像出他們是什麼表情。

「謝謝你們兩個，讓我們一起成功擊退山賊吧。」

我摸了摸兩個小朋友的頭，他們互相望著彼此，喜孜孜地說：「巫女大人摸了我們的頭喔！」然後開心地衝出了廚房。雖然還沒能摸透這個神祕村落裡的居民，不過小孩子果然就是小孩子呢……

好了。那麼我們的擊退山賊計畫，現在正要開始。

作戰計畫相當簡單，就是用美食美酒灌醉他們，然後一網打盡——以上。

我的武器果然還是料理這一招，希望能在美食陷阱這部分暗中發揮我的所長。

「話說回來，葵，妳打算做些什麼？」

「跟你說喔，就是披薩。」

「披薩？以現世的口吻來說，就是那個經典的義大利料理？」

「嗯嗯，就是那個義大利料理。我想使用岩豬肉還有這個岩山羊奶起司，加上山區的菇類，做一道秋天風味的披薩。進大烤窯烘烤時，就使用百目楓樹枝為薪柴。」

使用目前現有的食材，製作能一次大量生產的披薩，然後送進去窯烤。

剛好這裡也有麵粉，披薩所需的材料似乎全數備齊了。

「話說回來，大老闆。看你把外套都脫掉了、束袖帶也綁好……一副打算來廚房幫忙的樣子耶。所以其他準備工作已經搞定了？」

「我已經對長老他們下達指示了。接下來我能做的，也就只剩下擔任葵的二廚了！」

大老闆意外地幹勁滿滿。指甲也已經先剪得短短的，似乎是記取了上次的教訓。

這好像是大老闆第一次以平日的容貌充當助手陪我下廚。

「你有這份心我是很感激……不過反正我還有小愛，不用特別勞煩你啦。」

而我很順手地掏出墜子，把小愛叫出來。

現身而出的小愛也頂著我的容貌嗆辣地回了一句：「這裡有我在，所以不需要大老闆。」

大老闆一臉正經，冷汗卻直直流……

「呃，愛去忙別的任務吧。妳要進行特訓，練習幻化成跟葵不同的樣貌。」

「不同的樣貌？為什麼突然提這個？」

不過的確也是，這本來就是小愛目前的課題。

「其實這座百目山也是眾所皆知的妖怪修行場所。過去有一種擅長幻化的大妖怪『鵺』在這座山進行修煉，成功習得第一百種幻化姿態，因此這裡才有了『百目山』之名。妖怪之中妖力越強者，越會幻化人形以彰顯自己的地位。這是一種對自身靈力的誇耀。」

「是喔，難怪我一直想不通，為什麼隱世的妖怪都不以原形示人，而要變成人類的模樣。原來是為了證明自己的能力啊。」

「是呀。有許多妖怪都是進入這座百目山修行後，找到自己的幻化姿態。愛來到這裡，或許也能受到百目山的保佑，學會變幻出專屬於自己的容貌。況且，若能成功在這裡掌握技巧，就能請妳成為夕顏的員工幫忙店裡生意囉。」

小愛伸出手指抵在嘴邊，發出了「嗯～～」的呢喃聲，陷入短暫的沉思，隨後便握拳敲了一下自己的手心。

「我完全不知道從哪裡開始練習才好。我能幻化成葵大人，有一部分也是因為每天都看著她的臉看習慣了。」

「哎呀呀。」

果然這不是能一步登天的事。

我也一起試著幫小愛想想辦法。

「啊，對了。那不然用我跟大老闆的臉加起來除以二，這樣如何？畢竟妳最熟悉的就是我們了。而且這樣至少不會跟我長得一模一樣……」

我提出偶然想到的這個點子，結果小愛跟大老闆瞪大了雙眼，完全呈現目瞪口呆的狀態。

咦！這反應是怎樣……

「葵大人，沒想到您還頗大膽的呢。」

「葵，原來如此啊，沒想到妳這麼希望與我製造愛的結晶……」

「啥啊啊啊啊?你你你、你在說什麼鬼話!小心我狠狠揍你一頓喔!」

終於明白小愛跟大老闆的反應意味著什麼,我一瞬間面紅耳赤,臉蛋感到一陣熱燙。

「好了好了,葵妳冷靜點。不過這的確是個好想法,要讓愛製作出獨一無二的容貌,最簡單的方式還是像這樣收集多一點樣本數再加以混合。況且我也有點想瞧瞧一半像我、一半像葵的姑娘會是什麼模樣……」

大老闆雖然裝出一副平靜的態度,臉上卻帶著莫名的賊笑。

「大老闆,你沒有在想什麼奇怪的事吧。」

「沒有沒有。」

面對語帶威脅的我,大老闆往後退了一步並頻頻搖頭否認。

小愛則苦惱地皺眉發出「唔唔唔」的呻吟,交互打量著我與大老闆的臉。

「我想這個點子有嘗試的價值呢。」

她端詳了我們好幾次,試著把眼前兩張面孔深深烙印在腦海裡,隨後衝出了廚房。

看來小愛是要到外頭進行幻化的練習。

「我稍微出趟遠門,踏上尋找自我的旅途!」

「啊!小愛……小不點,你去跟著小愛,否則她會在人生地不熟的地方走丟的。」

「遵命。」

原本躲在我袖子裡的小不點緩緩鑽出來,輕巧地利用高低差跳下地面,然後追著以輩分來說算是自己妹妹的眷屬小愛跑了出去。

「不知道小愛會展露什麼樣的新姿態。」

「我們只能耐心等待了。」

「小不點現在也變得越來越可靠了呢……」

我的口吻好像為人父母似的。

雖然現在的氣氛充滿了感觸，但眼前的任務是準備料理。

「那麼大老闆，披薩餅皮的製作就交給你來負責囉。用這個石碗當容器，加入麵粉與油，然後以少量多次的方式一邊加水一邊拌勻。等聚成糰狀之後就拿出來擺在料理台上揉出彈性。」

我將材料分量與製作要領傳授給大老闆，便把做麵糰的任務交派給他。

「哈哈，讓我回想起以前聯手合作的那一次呢。在折尾屋那場天狗騷動之中，我也揉過類似的東西。」

「那次做的是什錦麵疙瘩喔。」

這回要做的披薩餅皮，是最簡單的基本款。

不使用酵母，也不需要特別發麵糰，是呈現薄脆口感的那種。

那麼現在麵糰就交給大老闆來大量製造，我要來準備上頭的配料了。這次預計要製作兩種不同口味。

第一種是和風醬燒豬肉披薩，大量使用山賊愛吃的岩豬肉再加上豐富菇類。

第二種則是甜披薩，選用山蘋果、地瓜與羊奶起司，香甜又具有十足分量感。

「第一種披薩是用來釣他們上鉤的誘餌。因為如果只有山蘋果的甜披薩，他們也許不會有興致，所以先用肉多味美的鹹披薩抓住他們的胃，接著就會想吃點甜的了。我是這樣打算的。」

「哦，竟然祭出誘餌，真是懂得耍小聰明。不愧是史郎的孫女，同時也是我的賢妻。」

「好了啦，大老闆你很煩耶。」

這作戰計畫的確是賣弄小聰明，而我還是毫不猶豫地繼續說明。

「在現世除了那些固定的基本款以外，還有照燒雞肉或燒肉之類的披薩，這類型的和風口味也意外地很受歡迎喔。我看過家裡信箱的披薩外送傳單，燒肉口味可是名列人氣排行榜前幾名呢。」

「哦？我去現世時所吃的義大利披薩，是像起司、番茄紅醬加上羅勒這樣的感覺，所以不太能想像和風口味呢。」

「瑪格麗特是披薩口味中的絕對王者呀，要是有番茄的話我恨不得做這個……」

不過現在必須使用在地的現有食材創作出美味的披薩呢。

被我選為和風披薩配料的醬燒豬肉，將使用岩豬的這塊五花部位來製作。

先將豬五花肉、山產的大顆洋蔥與看起來類似舞菇的菇類等材料分別切成適當大小。豬五花肉切成好入口的一口大小，山洋蔥切末，舞菇則隨意用手剝開。

「醬汁使用醬油、味醂、砂糖與酒這四樣基本款，再加上磨成泥的大蒜與薑、山蘋果汁、味噌還有辣椒，調配成甜鹹中帶點辣的燒肉醬……這樣。」

對方是山賊，比起高雅精緻的風味，感覺更偏愛能補充精力又重口味的東西。其中再不著痕跡地加入山蘋果汁以達到目的，濃郁之中帶有果香與微微辛辣後勁的醬汁就完成了。

使用石製平底鍋炒過豬五花肉，再把醬汁倒入乾燒，等均勻裹上醬汁的豬肉呈現美麗的照燒色並帶點微焦時便起鍋。

光是到這裡就已經夠令人食指大動，不過這終究只是披薩上的配角。

「葵，我揉得差不多囉。」

還想說大老闆從剛才開始就很安分，原來他似乎一個人默默地努力製作餅皮。料理台上已經完成了好幾顆圓形的麵糰。

「噢！你還真的做了好多麵糰呢，大老闆，真了不起。」

「得到葵的稱讚囉！太棒啦！」

大老闆似乎獲得了一股成就感，單手擺出勝利姿勢。

「那就將那些麵糰擺著醒一下吧，至少要在常溫下靜置半小時才行。」

我拜託大老闆進行醒麵的工作，將麵糰用布包起來後靜置在室內暖和的地方。

「那接下來要來準備甜點囉——蘋果地瓜起司披薩。」

「蘋果、地瓜加上起司，口味會搭嗎？」

「哎呀，大老闆，這可是現在流行的時髦下酒菜會有的組合呢。」

將地瓜與蘋果切成薄片後，分別先泡過水備用。

接下來的步驟，就只剩下把這些蔬果片排列在餅皮上，上頭灑上起司後進去烘烤，所以在等待醒麵完畢的這段時間，已經無事可做了。

「呼……目前告一段落了呢。」

因為要做很多分量，我便和大老闆攜手一個勁兒地進行大量的備料工作。

「葵大人、大老闆！」

此時外頭傳來小愛充滿活力的聲音。

「難不成是！」

「已經成功練就幻化新樣貌的技巧了？」

我與大老闆對看一眼，不假思索地衝出了廚房。

「！」

出現在我們眼前的是……是一位黑短髮美少女！

「是說這根本幾乎全套採用了大老闆的系統啊？」

要說哪裡有我的影子，大概只有性別是女生這樣。眼前這位就是大老闆的女性版本，充滿英氣的帥氣鬼女。

話雖如此，少女的外表年齡目測大約只有十四歲，開朗活潑的表情看起來充滿著陽光氣息，一點都沒有大老闆那種目中無人的感覺。

也因為這樣，感覺她連性格方面都已經足以稱為獨立的個體了。

「看著葵大人與大老闆，讓我有這種感覺——如果兩位生下一個像大老闆的千金，一定比較幸福美滿吧。」

「小愛，妳過來一下。」

「疼疼疼！葵大人，請別揪著我的耳朵，人家不是都說女兒會比較像爸爸嗎？」

明明身為我的眷屬，這率直過頭的小丫頭還真的很敢說，而且毒舌技能好像也順便升級了。

她身上穿著黑底和服，上頭有紅綠相間的山茶花圖案。仔細端詳她的臉，才發現眼珠顏色跟我一樣……好吧，勉強接受。

「呵呵呵，原來如此。我跟葵的孩子原來會是這副模樣呢，呵呵呵呵。」

「大老闆，你要怎麼幻想我管不著，但不要讓我看見那張賊笑的臉。」

不過小愛的變臉還真厲害，就連跟她在一起的小不點也直眨著雙眼驚呼「我不認識這個人」，似乎還不能適應妹妹全新的幻化姿態。

「好啦，那大家一起來幫忙完成披薩的最後步驟囉！」

「好～～」

一位人類姑娘與一位大有來頭的鬼神，加上一個鬼火女孩與一隻小不點手鞠河童。既然現在全員到齊了，就來把剛才醒好的披薩麵糰擺在灑上一層麵粉的料理台上，使勁地擀平。

這個工作就交給負責餅皮的大老闆。

「噢噢，大老闆你挺熟練的耶。」

「經驗造就技巧！今後我也希望能多多出力幫忙，成為一位能幹的丈夫，我聽說現代的丈夫都會跟妻子共同分擔家務喔。」

「天神屋的大家要是見到現在的大老闆，感覺會哭出來吧……」

指甲剪得短短的，煞氣與威嚴盡失的他，被稱讚一下就樂得心花怒放……

我最初認識的大老闆明明更有鬼的樣子，散發出生人勿近的恐怖氛圍。然而現在眼前的他，該怎麼說呢……就好像只是個莫名努力的新手老公。

不過看他幫忙得這麼開心，總覺得……感覺並不差。即使現在製作的披薩只是為了待會兒要打倒山賊的武器。

也許這傢伙意外能成為一個好老公呢……不不不，我可沒有假設是自己的老公喔。

接下來我在大老闆擀好的餅皮上，擺放剛才準備好的配料。

和風口味的披薩均勻放上裹滿甜辣醬汁的豬肉、切成碎末的洋蔥，再擺上滿滿的舞菇。由於正好有青紫蘇葉，就一併切碎灑上以取代羅勒，更能增添和風感，是我相當推薦的調味料。

最上頭均勻擠上細絲狀的美乃滋，這是剛才請小愛幫忙完成的自製美乃滋。最後就只剩下進窯烘烤了，真令人期待成品出爐。

而甜披薩則是把同樣切成薄片的蘋果與地瓜交錯擺放在餅皮上，最上頭再均勻灑上滿滿的羊奶起司。

我一邊將廚房裡的石窯預熱，一邊湊在架子前東翻西找，尋找某樣東西。

「這裡沒有蜂蜜嗎？要是能在披薩出爐後淋上蜂蜜再享用會更好吃的。」

「葵，百目楓蜜的話倒是有喔。」

大老闆翻找著櫥櫃中的各種調味料，幫我找到了他口中所說的東西。

竟然是從百目楓樹萃取出的糖蜜，原來有這種東西。

「哇，味道就像楓糖漿一樣，好好吃。」

「清爽的口感甜而不膩呢。這東西真不錯，我也是第一次嘗到。」

我們兩個一起試吃了這個新發現的食材，被這股美味所打動。不意外地真想買了帶回去……

「那麼先各拿一片鹹披薩與甜披薩，用普通的木柴烘烤看看吧。是為了試試味道啦。」

「嗯嗯，不錯呢。」

我們果然還是很好奇自己做的成品味道如何，忍不住想嘗嘗。明明是為了擊退山賊才下廚的，真受不了這樣的自己。

將兩種口味的披薩放入預熱完畢的石窯內烘烤，烤好的成品取出之後再比照一般披薩切成三角扇形。

和風醬燒豬肉披薩上另外灑了切成細絲的蔥白當點綴。

蘋果地瓜起司甜披薩則畫圓淋上百目楓蜜。

「嗯嗯，看起來真誘人。」

「大家來吃吃看。像這樣捏著餅皮外圈的鬆厚部分，拿出其中一片，用手拿著吃喔。」

大家各自拿了一片披薩在手。大老闆選擇和風口味，小愛則是甜披薩。

美味的三角扇形還帶著剛出爐的熱度，第一口就是要從尖端咬下。

「嗯，燒肉非常入味呢。這個像容器一樣的餅皮有著薄脆的口感，跟這大蒜醬油口味的醬汁非常搭，感覺就是山賊會喜歡的口味。」

「好厲害好厲害，葵大人您看，起司被拉得好長喔。」

「啊！配料要掉下去了！要掉下去了！」

披薩本身就很美味沒錯，不過還是要像這樣大家聚在一起熱鬧地分食才會更好吃呢。還有欣賞起司牽絲的畫面也是……

「嗯？」

我發現年幼的玃猿小朋友們正站在廚房出入口，不時瞄向我們這裡，似乎很在意。

想必是對披薩剛出爐的香氣相當感興趣。

「你們要不要一起吃？」

「可、可以嗎？」

「嗯嗯，當然囉，你們一定要幫我嘗嘗味道。」

孩子們對於未知的食物感到害怕，頻頻伸出手指輕戳了戳，又嚇得把手縮回去。

接著有樣學樣地各自拿起一片披薩，用雙手捧著咬下。

「……」

那藏在眼罩下的雙眼仍然令人無法捉摸他們的心思，不過咀嚼的嘴角勾起了一道圓弧。

他們雖然不發一語，不過三兩下就吃完了手中的披薩。

「好好吃。岩豬的肉汁好多。」

「好驚人，好好吃。第一次見到連盤子都能吃的食物。」

雖然嘴上說著好驚人，他們的反應看起來卻很平淡。不過能得到這些稱讚我還是很開心。

接著總算輪到我來試吃了。

嗯，和風披薩的重口味燒肉搭配上頭的蔥絲一起享用，能讓油膩感減半。味道不但跟酥脆的餅皮很搭，感覺也很下酒。

接著我也嘗了一口甜披薩，鬆軟地瓜所釋放的甘甜與烤蘋果的爽脆多汁，兩者被融化的羊奶起司包覆，合奏出令人心滿意足的美味。百目楓蜜也成了畫龍點睛的亮點，大量淋上之後享用，能讓起司的鹹與蘋果的酸產生全新的化學作用，營造出截然不同的風味。對了，能享受到有如生乳酪蛋糕的味道。

「這些全是村落裡的食材。」

「但卻是我們從來沒嘗過的味道。」

少年不自覺地吐露出不加修飾的感想。

「用這些食物，真的能打倒山賊嗎？」

跟著疑問一起流露出的，是微微的緊張感。

沒錯，這些料理某種層面上就等同於毒蘋果，前提是要成功引起山賊們的食欲，接下來才有戲唱。

在接收到山賊歸巢的通知後，我將百目楓樹枝混在薪柴之中，烘烤剛才準備好的生披薩。我用布確實掩住自己的口鼻，就是為了避免吸入任何一點煙霧。

然後，終於來到最後的階段——將披薩端往山賊們等候用餐的大廳。

宴會的舉辦場所就是先前搭造祭壇的地方，也就是那間位於岩洞裡的大廳。

我捧著剛出爐的披薩，從外頭窺探著廳內……

「好、好高大……」

這幫山男(註5)所組成的山賊，體格超乎我想像地魁梧，感覺就像驍勇善戰的一群戰士。

以身高來看，所有人都遠遠高過兩公尺。使得原本還覺得相當寬敞的這間大廳，頓時充滿了壓迫感。

個頭嬌小的玃猿們無法跟對方匹敵也是理所當然，連我也完全被他們的氣勢所懾服。

「呵呵，討伐山賊的時間到囉。」

然而從大老闆身上卻感受不到任何一絲畏懼。

他現在的表情，跟剛才立志成為好老公的那個大老闆簡直判若兩人。臉上浮現出俊美的微笑，其中卻帶著鬼怪的邪氣與好戰的興奮激昂。

在他身旁的我，每次都會被這種反差嚇到。

「首領殿下，這次攻下鄰山的一役實在太精彩了。」

看起來像是尾圖魔團首領的男子，將一頭蓬亂的頭髮綁起，滿臉都是沒整理的雜亂鬍鬚，看起來就是標準的山賊樣。他大口灌著酒，接受身旁眾多美女的服侍。

「好了！死老猴！這種奉承話就免了。給我多上點酒菜！我們肚子餓扁啦！」

「沒錯沒錯！」

山賊們無禮地大肆怒吼著。

他們早已把村裡居民所準備的酒和飯菜通通掃盡，醉得滿厲害的。

這群山賊個個塊頭都這麼驚人，豪邁地大吃大喝，也難怪這村落的食糧會瞬間見底。玃猿們會為此感到擔憂與不安也是理所當然的。

「結果呢，隔壁山頭上的巳熊團徹底敗在我們手上了。妳們猜猜，最後那隻大笨熊說了些什麼？——『求求你們別扒掉我這身毛皮……』啊哈哈哈哈哈！真是個天大的笑話呀，之前明明

註5：日本傳說中棲息於深山中的妖怪。形象可是魁梧男子、男童，又或是單腳單眼的怪物。

還在那邊囂張。」

「哇，頭目大人實在太有男子氣概啦。」

「那當然！我可是戰無不勝！」

「喲！不愧是首領啊！」

「所有山頭都將成為我們尾圖魔團的囊中之物！」

那些女人以及山賊手下們無所不用其極地褒揚著首領，接著馬上舉起酒杯。

首領看起來似乎龍心大悅。

「哼哼！這片北方大地上最強的山男頭銜是屬於我的！我遲早會成為支配隱世群山的男人！」

「哇，頭目大人好帥！」

「只要是我的女人，都能跟著我享盡榮華富貴！啊哈哈哈哈哈！」

好誇張，那就是所謂的後宮嗎？

看那群衣著單薄的女人們緊黏著首領不放，拚了命地阿諛奉承，這情景讓我感到難以形容的不舒服。

「大老闆，你會羨慕那種嗎？」

「嗯……看到那幅畫面就讓我想起史郎，所以實在吃不消。」

啊啊……爺爺在隱世時原來是那種感覺啊，可以理解。

「再者，別看我這樣，用情也是很專一的。我希望對方只愛我，我也只想愛對方一個人。葵，妳認為這樣的我適合當老公嗎？」

「大老闆你真的是……每次都會把話題扯到這呢。」

沒想到他似乎突然靈光一閃，握拳拍了一下自己的手心。接著突然一個變身，幻化為別的模樣。

噢噢噢……出現的是一位黑直髮妖豔美女，如果把小愛擺在他旁邊，完全就成了一對鬼女姊妹花。

「大老闆，原來你也能變成女生喔！」

「呵呵，這可不是銀次的專利喔。只不過平時沒什麼機會用到這招就是了。」

大老闆的紅唇勾起了弧度，露出不安好心眼的笑容。

我摸遍了變身後的大老闆。嗯，雖然個子有點高，不過確實是女生。

「看那傢伙喜好女色，那就由我和愛負責端披薩上桌比較好吧。葵，妳就待在這裡觀察狀況。」

「咦，那我也……」

「不可以，妳是人類女子。從之前玃猿對妳的反應就能明白吧？光是人類女子這樣的身分，對妖怪來說就是價值不斐的存在了。要是被山賊發現就不妙了。」

「可、可是……」

「葵。」

大老闆配合我的視線高度微彎著身子凝視我，並且開導我。

「葵，妳是個乖巧的孩子，這一次就聽我的好嗎？」

大老闆的手輕拂過我的臉頰。

那觸感是如此冰冷，卻充分傳達他強烈的主張，我只能點頭答應。

當初大老闆要我回天神屋，最後卻還是答應了我任性的要求，讓我留在這裡。

所以這次還是乖乖聽他的好了。

「噢噢！怎麼有一股誘人的香味！」

「肚子徹底餓扁啦！嗯？女人？」

「欸欸欸，這可真是個大美人啊……」

山賊們聞到了披薩的香氣，變得興致勃勃。

不，比起披薩，他們的注意力也許全被化身為美女的大老闆所奪去了。不過也因為如此，山賊們對披薩似乎並沒有起疑。

「鬼女是吧。為什麼在這玃猿村落裡，會出現像妳這種高檔貨呢……」

山賊首領對著大老闆（美女）從頭到腳仔細打量了一番後，似乎露出了色欲薰心的表情。此舉讓他身旁的女人們開始吃味，看起來心情非常不爽。

「我們把這對在山間迷路的鬼女姊妹捉了回來，獻給首領您當作貢品。請笑納。」

「噢噢，老猴子你可真貼心呀，這貨色不錯喔。不過……這個圓盤子是什麼東西。吃的？從沒看過啊。」

「這是名為披薩的食物，是現世的廚師所傳來的一種料理。」

大老闆用高雅的口吻進行說明。

雖然聲音多少有點沙啞，不過聽起來充滿性感韻味，令所有男性都為他傾倒。

他們壓根兒不會想到，眼前的美女其實是個男的吧。

「請用請用。」

同時間小愛則充滿活力地四處奔走，將披薩分送給山賊們。

在可愛又陽光的小愛推薦之下，沒有一個山男拒絕享用眼前香氣四溢，看起來令人食指大動的披薩。

首先由首領打頭陣，吃了一口岩豬肉的披薩。

「唔！」

他的臉色明顯一變。

「這、這是什麼！好、好吃！做為底盤的餅皮上竟然放了滿滿的肉，重點是這嶄新的調味，就連稱霸北方群山的本大爺都未曾嘗過這股滋味。」

「咦，頭目大人，人家也想吃……」

「好了，妳們先別吵，這是我們山上男子漢的料理。」

不，這是現世的料理好嗎？躲在暗處的我偷偷吐嘈。

大老闆也把披薩遞給那些服侍的女人們，請她們享用。雖然她們看這位令首領也動心的美女不順眼，但仍無法抗拒對披薩的好奇心，最後還是伸手接了過去。

「請用，這裡還有甜的水果披薩喔。」

大老闆也終於開始推薦起放了滿滿蘋果與地瓜片的甜披薩。

對於我們而言，讓他們把這道吃下肚才是主要目的。

「甜的？真不像大男人該吃的東西耶。」

「呵呵，可別這麼說。甜蜜的滋味……非常誘人喔。」

大老闆（美女）在吐出「誘人」兩個字時的口吻實在太性感，被灌了迷湯的首領也不由自主伸手拿起披薩。

「哦，這的確是……誘人的滋味！」

爽脆多汁的烤蘋果、鬆軟可口的甜地瓜與鹹香、濃稠得牽絲的起司搭配百目楓蜜，這樣的組合令所有人都不禁扭動著身子。

「哇啊啊！」

那群女人也紛紛喊著「天啊這是什麼」，此時此刻比首領還更加陶醉於甜披薩的美味中。

「！」

意外就發生在這一刻。就在我們預先設計好的毒餌差不多該發作，讓所有吃了披薩的人被睡意攻擊的這個時間點，負責四處幫忙斟酒的其中一位小玃猿，手拿著酒甕不小心往前跌了一跤。

他手中的酒，剛剛好就潑在山賊首領與身旁侍女們的頭上。

「……」

「啊……」

整個場面瞬間宛如結凍，成年玃猿們不由自主抱住了頭。

那個孩子正是之前幫忙送食材來廚房的小玃猿，他當場縮起身子，嚇得動彈不得。

「哦？我還想說你們這群老實的玃猿毫不反抗真無趣，看來小鬼頭們倒是很有幹勁嘛。多虧了你，讓我現在興致全沒了。」

剛才還龍心大悅的首領，現在額頭已冒出青筋，大為光火。

「你這個臭小鬼！」

「頭目大人上啊，收拾掉那個小鬼！」

山賊開始口出暴言，煽動著首領。

情況看起來越來越糟了，我心中湧現不祥的預感。

首領站起身，仗著醉意踹飛了盛裝披薩的盤子。下一秒果不其然舉高了拳頭，企圖朝著小玃猿揍下去。

「住手！」

我的預感完全成真。連害怕的時間都沒有，我立刻衝上前去，用整個身體緊緊抱住小玃猿。明明大老闆要我躲好的。

本來已經做好挨下這一拳的覺悟，結果首領發現了突然出現的我，在前一秒及時停下拳頭。

「妳這傢伙是怎樣……仔細一瞧才發現，可不是個人類丫頭嗎？」

他似乎查覺到我與其他人的不同。首領一開始對突然迸出來的我露出驚訝的表情，不過觀察力果然很好。山賊們則驚呼著：「什、什麼？」完全不令我感到意外。

不一會兒之後首領露齒一笑，猛然鬆開剛才停住的拳頭，揪住我的領口直接往上拎。

「巫、巫女大人！巫女大人！」

小玃猿哭叫著對我伸出手。雙腳懸空的我雖然拚命揮舞四肢，但光憑我的力氣根本無法自己掙脫。

「哈哈！真沒想到在這種地方能拜見到人類姑娘呀！這女人值不少錢！不，這麼稀奇的寶貝，果然還是應該納為小妾才對？不管怎麼說，真是入手了不得了的獵物呀。」

「喂。」

「嗯？」

一股令人毛骨悚然的靈氣，正從情緒興奮的首領背後飄了過來。

原本鬧哄哄的大廳內也因此瞬間鴉雀無聲。

「誰准你用那隻髒手碰葵了。」

「啥？你算什麼東……」

首領就這樣拎著我回頭一看，出現在眼前的大老闆令他瞠目結舌。

「你……剛才踹翻了葵做的料理是吧。」

我眼前微微扭曲的畫面中，看見了原本化為女兒身的大老闆，瞬間變回原本的鬼神。

那副架勢與身上散發的靈氣，加上銳利的冰冷視線。

讓在場所有人都明白，他是與眾不同的存在。

「你……」

首領頭上冒著冷汗，咬緊了牙笑著。他現在只能笑了。

「我……我見過你，你是天神屋的大老闆是吧！」

「既然知道我是誰，那就好辦了。那你應該明白吧？雖然你剛才說過自己戰無不勝，但這次遇上我絕對沒有勝算。」

大老闆露出詭譎的笑容，一聲不響地站在我身旁，捉住首領的手腕狠狠掐住。

「唔……唔啊啊！」

鬼火從手腕處冒出，竄往首領的身上，那股酷熱讓他發出痛苦的喊叫。而被放開的我則輕輕落入大老闆的懷抱。

「葵，妳沒事吧？」

「呃，嗯……」

大老闆對我露出溫柔的笑容，隨後馬上轉回冷酷的表情，怒瞪著眼前的山賊們。那雙令人戰慄的暗紅色眼神，讓所有人都害怕。

我都忘了這才是他原本應有的樣子。

但是……為什麼呢，這時候的我卻不特別覺得他可怕。

「你、你這傢伙！」

「對頭目幹了什麼好事！」

手下們亮出刀子，一幫人同時站了起身。

我心想總算要展開一場大亂鬥了。然而……

「……咦？」

他們的腳步似乎開始搖搖晃晃了起來。沒錯，山蘋果開始發揮作用了。

就在這一刻……無數的黑影毫無預警地從天而降，直落在我和大老闆四周，就像算準了時機登場一般。

「參見大老闆。」

柔順飄逸的淡綠色髮絲在空中舞動。

黑影們衝上前去，穿梭於個頭魁梧的山賊間來去自如，以毫無破綻的動作將敵人手到擒來。

他們正是天神屋的庭園師——忍者鐮鼬。

「呼……已成功壓制是也。」

拉下了掩住嘴巴的長圍巾，如此下達判斷的正是其中的王牌——佐助。

山賊們一瞬間遭到壓制，幾乎連抵抗的時間都沒有，直接昏倒在地。

「幹得漂亮，我們家的庭園師果然身手不凡。」

「咦！佐助你們怎麼會出現在這裡？咦，為什麼……是說大老闆你也該放我下來了。」

「啊，嗯。」

大老闆老實地把抱在雙臂裡的我放了下來。

「我事先聯絡了天神屋。因為考量到若把事情鬧大，也許會演變成兩地之間的問題，所以請旅館暗中派庭園師過來就好。他們在旁伺機行動，看準了葵所做的料理開始發揮安眠作用時，才出來一口氣壓制。畢竟要是山賊拿村裡居民當人質，只會讓狀況變得更複雜。」

「原來是這樣。不過太好了，所有人都平安無事。」

我剛才所掩護的小玃猿也正待在不遠處，一臉憂心忡忡地看著我這裡。

於是我給了他一個親切的笑容，想必他剛才一定被嚇到了吧。

「好了，事情也成功解決了，就請那些睡著的山賊們乖乖接受五花大綁吧。」

接下來就是庭園師與鬼門大地的捕吏上場的時候了。

今天從果園約會突然變成幫忙討伐山賊的奇妙旅程，現在總算能喘口氣了，真的是雞飛狗跳的一天。

「巫女大人！巫女大人！」

在踏上歸途之際，我所掩護的那個小玃猿咚咚咚地跑來我身邊，給了我一只小瓶子。

「這個送給巫女大人。」

「嗯？這是什麼呢？」

「百目楓樹的糖蜜……那個，因為聽說您很想要。」

「哇！是那個楓蜜？哇～～好開心！」

對方看我如此喜出望外，似乎也跟著開心了起來，嘴角揚起了彎弧。

「您救了我跟村落，您真的是我們的巫女大人！」

「我是葵喔，我的名字叫做葵。不過也罷，當一天巫女大人似乎也不錯。」

我蹲下身子配合他的視線高度。

雖然看不見他的眼睛，但透過窺視孔可窺見那稚嫩可愛的目光，我溫柔地告訴他：

「廚房裡還有一些沒烤過的披薩，去拜託大人幫忙送進石窯烘烤，跟大家一起分著吃吧。要小心別用到百目楓樹枝當柴火喔。」

「嗯！」

希望村落裡的大家都能享受到披薩的美味。

雖然陷入必須製作料理陷阱的險境，不過既然成功幫助他人又能伸張正義，想想也不算壞事一件。

「……」

玃猿長老與其他成年玃猿們也深深低頭行禮，目送我們離去。

直到最後一刻，這個部族依舊蒙著一層神秘的面紗，令人摸不清。不過若是還有來訪的機會，希望能好好交流一番呢。

屆時的我不再是「巫女大人」這般崇高身分，而是經營夕顏的「葵」。

「好了，葵，我們回天神屋吧。」

「嗯嗯，好。」

搭上前來迎接的天神屋飛船，我們在午夜時刻穿越晴朗無雲的天空前進著。

「啊……」

從空中飛船的甲板上，能遠遠望見銀天街一帶被無數鬼火照亮。

其中還能發現高度過人而特別顯眼的天神屋，簡直就是座摩天大樓。

我靜靜地凝望著這片動人的夜景。

不知怎地，突然回想起從折尾屋返回天神屋那時的記憶。

從來沒想過「回到天神屋」會是那麼令我感到高興的一件事啊……

「怎麼了？葵。不進去船艙裡嗎？秋天入夜後很冷吧？」

「大老闆，我問你喔。」

「嗯？」

趁這個時機，我試圖向大老闆提出某個問題。

這是我一直以來想尋求答案，卻又開不了口的疑問。

「大老闆你……呃……」

這是關於那個妖怪的事情，曾在我小時候救了我一命的妖怪。

我轉身面對大老闆，一鼓作氣開口。

「大老闆，你應該從銀次先生口中，呃，聽說了對吧？關於我小時候的那件事。就是，銀次先生他……是對我有恩的妖怪，讓我免於餓死這樣。」

「嗯，這件事喔……我很早以前就知道囉。」

大老闆的目光在一瞬間似乎動搖了一下，不過立刻乾脆地回答我。

「那……大老闆，你該不會……跟這件事有什麼關連？」

「……」

這段沉默持續了好一陣子，我偷偷抬起頭瞄了一眼大老闆的臉。

若無其事的表情讓人猜不透心思，他望著遠方鬼火燦爛的天神屋，過一會兒之後回答我：

「這就難說囉。」

不出我所料，他的答案很曖昧。

「葵得知答案之後……打算怎麼辦？」

「這還用問，我當然是……」

「葵，妳是個有情有義的人，容易與妖怪交往太深，試圖分擔他人肩上的重擔。但是我呢……也是有一些不想讓妳背負的祕密。」

「你是指……」

什麼樣的祕密？

大老闆現在究竟在指哪件事？

「一些妳也許希望能釐清，但是我並不希望讓妳明白的真相。」

「……」

大老闆的這番話意外地讓我感到受傷，而我對於自己會有這種反應又更是吃了一驚。

剛才從未放在心上的這股秋夜涼意，現在緩緩侵襲全身。

「我只是……想多了解，關於你的事。」

然後我不自覺地吐出了這句話。

「一點一點慢慢的也好……因為，我知道你並不可怕。」

「……葵？」

我不再感到害怕。

這是發自心底的感受──想更加深入地了解你的一切。

我已經不像剛開始那樣覺得大老闆恐怖了。

即使周遭的大家對他敬畏三分，我也完全不怕。

我一直在想，該如何形容這種轉變才好。

大概就是，我對他產生了信任感吧。

這指的並非表面的信賴關係，而是隨著時間不知不覺從內部累積而成的。

大老闆總是對我伸出援手，暗中關心著我。在我需要幫助的時刻，不經意地給予我建議與溫柔的包容。

然而，總覺得他果然還是藏著一些謎團，是我永遠無法涉入的。

我對他的了解，遠遠不及天神屋裡的任何人。

「別露出那樣的表情，葵。」

大老闆用寬闊的身軀包覆著顫抖的我。

那是一個雖然帶著遲疑，卻仍然溫柔的擁抱。

嚇了一跳的我瞬間全身緊繃。然而在深吸一口氣，緩緩吐息之後，整個人已徹底呈現放鬆。

莫名湧現的淚水也因此跟著盈眶，但這擁抱帶來的溫度讓我感到相當舒適。

「老實說，我很驚訝……我一直以為葵對我只有恐懼，不帶有任何其他情感。所以，聽見妳說想多了解我一點，令我打從心底感到高興。」

「……」

「果然……人都是會轉變的呢。」

轉變……那大老闆也會嗎？

關於你心底對我有著什麼樣的想法，我毫無頭緒。

「現在這股飛上天的心情，就算要我立刻從船上一躍而下，大概也死不了！」

「欸，我就是受不了你這點，為什麼偏偏選在這種時候搞笑啦！」

感傷的情緒與剛才醞釀的氣氛全都化為泡影。

我推開大老闆的胸口，抬起臉狠狠瞪向他。

每次總是這樣，在重要時刻裝瘋賣傻。

為了不想傷害我，他究竟隱瞞了些什麼？

「好了好了，葵。別露出這麼嚇人的表情嘛。」

「剛才我差點都要哭出來了，還不是你害我變得那麼嚇人。」

「那可真抱歉呢，葵。」

啊啊，這樣啊。看著他為難地笑著，我在內心放棄了。

他果然不打算告訴我「那件事」啊。

原因是什麼？我不明白。

眼前的人跟年幼時的我有著某些淵源，這一點從銀次先生的自白與對話之中看來，應該是千真萬確的。但對方剛才已表明了無可奉告。

真是遺憾，不過……我也不打算逼問他。

想了解他的一切，也許只是出於我的任性也說不定。

「不過啊，大老闆……」

「嗯？」

「關於今天的事，我必須謝謝你。你不是從山賊手中解救了我嗎？被那種彪形大漢騰空揪住，說實話有點可怕。」

「那當然，讓妳被那種傢伙逮住，我可想都不敢想。但是妳總是愛胡來，挺身而出掩護孩子這種舉動確實很像妳的作風，但還是很可怕。畢竟你們人類跟妖怪不同，有著脆弱的血肉之軀。」

「大老闆你就是太保護過度了。與其說是妻子，你在心裡絕對是把我當成孫女看吧，不過……今天你的表現有點帥氣喔。」

「真、真的嗎？」

真沒想到大老闆會心花怒放地染紅了雙頰。

平常明明那麼老成穩重，這種反差真的很犯規。

「而且，今天的約會行程也很開心喔。雖然充滿驚險刺激，不過至少盡情做了料理，還拿到了好東西嘛。」

既然想了解對方，就先主動打開自己的心房，誠實地表達心情吧。

我的臉上已經沒有任何一絲悲傷或恐懼，只剩下坦率的笑容。

「……」

大老闆微微露出了驚訝的神色，無言以對了一會兒。

隨後他突然伸手撫上我的臉頰，下一秒又迅速放開手，皺著眉露出淺淺的微笑。

「葵……真是敗給妳了，竟然在這種時刻送我一個笑容。」

對我而言，大老闆仍充滿著各種未知的疑問。

我不知道他喜歡吃什麼。

也不知道他的真實姓名。

這個人的過去與成長背景，我一無所知。

他所隱瞞的真相，他與年幼的我之間的淵源，依然成謎。

而他永遠不肯為我揭曉答案。

我該怎麼做，才能走進這個人的心？即使只有一小步也好。

插曲【一】 勁敵再次駕到

我——擔任天神屋小老闆一職的銀次，正為了十月底展開的秋日祭絞盡腦汁，思考著是否能舉辦一些特別的活動。

由於突然接到大老闆的傳喚，於是我急忙趕來這間辦公室。

「咦！您說亂丸要來天神屋？」

「是呀。他是來為葵在折尾屋完成的任務支付相應的報酬，不過真沒想到他一口答應了白夜所開的漫天高價啊。葵要是聽見這金額，一定會大吃一驚的。」

「呵呵。畢竟葵小姐到現在似乎仍不太清楚，自己為折尾屋的儀式所做出的行動是多重大的貢獻吧。」

據大老闆所言，葵小姐達成任務的報酬金額，就算扣除了天神屋臨時歇業多日所產生的損失、營運的赤字部分，以及補貼葵小姐的一小筆獎金，都還綽綽有餘。至於最後剩下的部分，當然就是拿來抵債了。

「唔哇，真的耶。」

我看著大老闆遞來的明細，不自覺地露出最直接的反應。

白夜先生到底是用了什麼樣的交涉手段才爭取到如此龐大的金額……

不，話雖如此，我也曾經在折尾屋多次參與過儀式的執行，所以很清楚。葵小姐的功績，對後世留下了相當大的貢獻。

這份報酬完全合乎她的付出，我想亂丸也是如此認為才答應的吧。

「話說回來，大老闆。前些日子您與葵小姐的約會還順利嗎？雖然重點好像不是約會。」

「的確呢。葵被山裡的玃猿抓去當成神明祭拜，還在擊退山賊作戰中參了一腳……預想中被水果包圍的溫馨約會變成了一連串災難，不過也因此獲得了一些情報。再說，葵因為能發揮廚藝似乎也很開心。她還收到了平時難以入手的山產食材，樂得很呢。她愛料理成痴的毛病大概一輩子也治不好了吧。」

「啊、啊哈哈！真像葵小姐的作風呢。總之兩位平安無事我也就放心了。」

大老闆回了一句「的確呢」，彎起了眼尾笑著。

以前的他，會露出這種少年般的青澀笑容嗎？

我心裡突然有了這個疑問。

「好了，銀次，你的兄長也差不多要到了。難得他來一趟，這次聚會你也一起出席吧。」

「咦！真的方便嗎？」

「只有我跟白夜在，氣氛實在太嚴肅了。要是沒有你，場面一定會安靜得很尷尬。」

「會、會嗎……呃，的確是這樣呢。」

雖說天神屋與折尾屋才剛齊心協力度過一場難關，但彼此之間的關係還是很緊張。正因為如此，才會在經營上互相較勁。各方面也因為有了切磋的對象，才更能精益求精。不過想像起幾個大人物齊聚一堂的畫面，的確很難說話吧。

……不，也許我的擔心只是多餘。

「哇哈哈！真是好久沒來天神屋啦！雖然這麼說，其實夏天才剛來過？今天我們帶了滿滿的伴手禮過來囉。對了，話說小姐人在哪裡呀？真想請她做點東西來吃吃呢。」

「葉鳥你吵死了，給我安靜點。」

「亂丸你幹嘛啊，明明是你要我一起過來的不是嗎？」

折尾屋的亂丸卻偏偏帶著葉鳥先生同行，來訪天神屋。

這實在出乎預料。不過他這種不會看場合的個性也算是神乎其技，或許能成為這次聚會最佳的潤滑劑。

……難道亂丸其實也跟大老闆一樣，害怕尷尬的氣氛嗎？

「遠道而來真是辛苦了。折尾屋的大老闆，歡迎你的到來。」

「哼！少說這些違心之論，天神屋大老闆。不過我們也是希望早早把欠你們的還清啦。我可不想欠你們什麼人情債……喂，葉鳥。」

葉鳥先生把一大包東西遞往我們面前，外頭裹著一層包袱巾。

這包裹怎麼看怎麼可疑，不過我們天神屋的會計長白夜先生不動聲色地收了下來，快速地確認了內容物。

「嗯哼，沒問題。」

然後他拿出只有會計長與大老闆能過目的正式收據，蓋上天神屋的金印璽。

「之後得給葵寫份報告書才行，還有，必須包點獎金犒賞她呢。」

白夜先生看起來心情似乎還不錯。一大筆白花花的銀子入袋，不高興才奇怪。他甩開摺扇，悠哉地說：

「這是葵小姐的第一份獎金呢，她一定會很開心的。」

要是得知發獎金的事，不知道她會多驚喜呢。

想像著她吃驚的表情，令我不禁發出輕笑。

「小老闆，獎金就由你負責發放吧。雖然我想依照那個小姑娘的性格，大概最後又會全花在食材上就是了。」

「說得沒錯呢。」

大老闆露出的苦笑只有「無奈」兩個字可以形容。他的這張表情似乎讓亂丸與葉鳥先生感到很稀奇，兩個人斜眼瞥著彼此。

「所以說，天神屋的大老闆，在那次之後，黃金童子大人還有到天神屋來嗎？」

亂丸眼見剛才的對話已告一段落，便切入新的話題。大老闆馬上搖搖頭。

「沒有……我也有些東西想請她歸還，一直希望能取得她的聯繫。但要掌握那位大人的行蹤，可不是那麼簡單呢。」

「想請她歸還的東西？」

葉鳥先生啜飲著天神屋的茶，開口詢問：「那是啥東東？」

「天狗圓扇。目前歸葵所有，但聽說被黃金童子大人拿走了。」

「啊，啊啊，原來呀，對耶。」

葉鳥先生似乎現在才想起這回事，對亂丸使了個眼色。他的眼神就像在質問：「喂，現在要怎麼辦啦？」

亂丸沉默了一會兒，隨後開口。

「黃金童子大人說過，她將前往西北大地。」

「西北大地？」

大老闆與白夜先生的神色雙雙一變。

西北大地——同時又被稱為「文門大地」。

那是個充滿知識與醫學分子的學術之都，西北大地出了許多文官，並參與中央政務，加上在八方大地之中位置鄰近中央，可說是在政治面上具有極大影響力的一區。

「這可真是『政治目的明確』的一塊地方啊。」

白夜先生不著痕跡地挖苦了一番。

「沒錯。西北大地是由妖都宮中握有大權的右大臣——家康公所管轄的地區。黃金童子大人似乎為了北方大地的事情而有求於他，但我想那隻賊狸貓不可能輕易有所動作。黃金童子大人應該覺得很棘手吧。」

大老闆扶著下巴吐出一口漫長的嘆息。

「北方大地是吧……我前兩天也從那邊山區的居民口中聽說了當地的問題。北方大地長久以來由冰人族的老賢者治理，但那位大人臥病在床又後繼無人。因而助長了山賊的氣焰。」

「那個老爺不是已經死了喔？」

不懂得看氣氛的葉鳥先生在此時插嘴問了一句，結果被亂丸狠狠瞪了一眼。

然而他卻吹著口哨裝沒事。

「恐怕黃金童子正是為了解決北方大地越來越嚴重的內亂問題，所以才前往西北大地。一部分也是不想讓八葉的職位出現空缺吧，畢竟這有可能成為宮中那些貴族擴張勢力的機會。現在多虧有八葉制度，八塊土地各由不同的八葉掌握地方主權，但也有很多人認為應該廢行此制，實施中央集權啊。」

亂丸語畢，突然發出一聲苦笑並撩起瀏海，不知道是想到了什麼。

「天神屋的大老闆啊，真是作夢也沒想到，我會有跟你討論起這種事的一天呢。」

「甚有同感。你的個性也磨得越來越圓滑了呢，亂丸。」

「嘖！要你管。」

「啊哈哈哈！」

葉鳥先生哈哈大笑了起來。

這一笑讓大老闆也擺脫了原本的嚴肅，突然轉為淘氣的笑臉。而白夜先生見狀則靜靜地瞪著大老闆，刻意清了清喉嚨。

從那無言的抗議之中，可以讀出他正在說：「這副態度簡直威嚴盡失。」

當事人大老闆也似乎微冒冷汗。

「欸欸，嚴肅的話題結束了吧？我們多聊點開心的事情吧。我們折尾屋帶了一個好消息過來報告喔。其實啊，就是啊，我們家的小老闆跟女二掌櫃竟然結下婚約啦。」

「咦咦！秀吉先生與寧寧小姐嗎？」

剛才還保持低調的我，因為葉鳥先生突然爆出老東家的這樁喜事，激動地不由自主往前傾。

秀吉先生是猴妖，在折尾屋擔任小老闆；而寧寧小姐則是火鼠，是折尾屋的女二掌櫃。

在之前夏天共事時，從沒發現這兩人之間有任何情愫耶……

尤其是寧寧小姐，怎麼看都對亂丸一片痴心，所以說那份感情也許並不是男女情愛囉？

「這……進度不會太趕嗎？」

距離夏天也才不過兩個月，此時竟然已經進展到締結婚約的階段了，我對於這震驚的事實只能瞪大了眼。

「秀吉跟你這種慢熟又被動的傢伙才不一樣。」

「你……我可不想被一心只有愛犬的亂丸這麼說呢。」

亂丸露出竊笑，話中有話地調侃我，令我忍不住回嘴。

「不過我聽說啊，比較積極的一方其實是寧寧喔。」

「咦咦！」

那兩人之間究竟發生了什麼……

「他們倆一定是在儀式結束後，趁休假一起回鄉時迸出了什麼火花吧，嗯嗯沒錯。」

「也是，畢竟他們原本就是同鄉的青梅竹馬，從小就摸透對方的一切了。這次還一起克服了儀式這個難關，也許被彼此某些地方所吸引了吧。不過這對折尾屋來說也是一樁喜事。他們都是我值得信賴的幹部，現在締結了更深的羈絆，讓組織的凝聚力更強了。」

亂丸與葉鳥似乎非常樂見推心置腹的兩位幹部結為連理。

特別是亂丸，雖然並沒有表現在臉上，但從他的言談與散發出的氛圍中，似乎能感受到他的喜悅。我就是明白。

「啊哈哈！雖然我還曾經勸過秀吉要多懂得找樂子，不過別看那傢伙那樣，可是相當專情又一板一眼啊。畢竟出生自鄉村，他所認定的男女交往就是以成親為前提，不懂什麼速食愛情啦。寧寧也是，再怎麼說還是跟秀吉最速配了。要說這兩人登對，好像也真的滿登對的。」

「跟只懂得找樂子的你簡直完全相反呢，葉鳥。」

「啊啊真是的，我就知道一定會被吐嘈。大老闆你別管我啦。」

葉鳥挖了個洞給自己跳。然而大老闆卻一臉笑咪咪的，隨後充滿感慨地說：

「是呀，我很能明白。一路打拚至今的員工能找到自己的幸福，這是多令人感到欣慰的事。但是天神屋的諸幹部，自從菊乃成親之後，就再也沒傳出其他好消息了……大家看起來也還沒有這樣的打算。」

「……」

大老闆口中的菊乃小姐，原本是天神屋的前任女二掌櫃，在阿涼遭降職後又重新回歸現任的位置。

的確，天神屋在她之後就沒傳出任何喜事。也沒有哪一對看起來好事近了……

現場的氣氛好像陷入無言以對的沉默。

「說這什麼話，你自己趕快把那個史郎的孫女娶進門不就好啦？」

「……咦？」

亂丸的吐嘈劃破了這片寧靜。他說得實在太有道理，讓大老闆臉上的笑容就那樣僵住了。

「要是這麼簡單，我也不用多費苦心啦。就是因為一路意外地坎坷，我才傷腦筋。」

在場所有人都發出了「啊啊……」的嘆息，某方面來說完全能認同大老闆。完完全全。

大家此刻都在心裡估摸起葵小姐這個人。

想了想她的性情與大老闆的辛苦，似乎都能感同身受。

「哈哈哈！天神屋的大老闆，看你為了一個小丫頭而焦頭爛額真是令人愉悅。太有趣啦。」

「畢竟對方是史郎的孫女嘛。那位小姐呀，絕對不會讓自己白白吃虧的喔。她應該還會繼續成為隱世的話題人物吧。」

亂丸跟葉鳥拍著膝蓋哈哈大笑。

在這之後，大家又繼續閒話家常了一陣子，並交換隱世內部的情報。最後折尾屋的人除了交付約定好的金額以外，還把各種伴手禮也留下，便打道回府。

伴手禮全是折尾屋最自豪的南方大地特產。

盛產的海味當然不用說，另外還有油脂含量少、受女性歡迎的極赤牛；隱世中僅生長於南方大地的芒果與相關加工零食；另外還有最近從現世傳入，目前正大量生產中的酪梨等物產。

這些是指定給葵小姐的禮物，想必她一定很開心吧。但大老闆與白夜先生卻似乎心有不甘。

「折尾屋最近好像推出許多高人氣的土產，引起了熱烈迴響，真羨慕啊。」

「天神屋也必須盡快開發新特產與紀念品才行了。光是倚賴舊有的品項，前景令人堪憂呢。折尾屋現在開始蒸蒸日上了，雖然彼此之間的交惡漸漸化解開來，但是互為勁敵這一點可是不會變的喔。」

白夜先生接著轉頭面向我說：「話說回來……」

「小老闆，聽說你為了策劃配合秋日祭的活動而絞盡腦汁，有想到什麼點子了嗎？」

「關於這件事，我想說如果依照往年模式舉辦例行性活動有點無聊，所以……今年想用鬼門大地這裡豐收的稻米、地瓜還有南瓜來做點什麼。」

「南、南瓜……」

大老闆難得面露難色。

「說到這才想到……大老闆不太能接受南瓜的口感是吧？」

「因為甜甜的，所以無法接受入菜是吧？」

白夜先生與我在宴會等場合通常會與大老闆同席，所以非常清楚這件事。

大老闆雖然給人無所畏懼的完美鬼男形象，但遇到餐桌上出現燉煮南瓜時，就會若無其事地扔進白夜先生的碗裡。我曾親眼目睹過這一幕。

「……南瓜是吧。」

「怎麼啦銀次，你露出一臉狡猾老狐狸的表情耶？」

「沒事，大老闆。我只是稍微靈光一閃。」

「噢噢，那真是太好了！」

「哦？被譽為天才企劃的小老闆，想出來的點子想必很精彩吧。」

大老闆與白夜先生向我逼近了過來，追問著到底是什麼樣的內容。

「這個嘛……」

我順勢與他們圍成一圈，交頭接耳地策謀著。

三個高層幹部在小圈圈裡咬耳朵，還發出呵呵的笑聲……

身為門房領班的千秋先生當時目睹了這副光景，他事後告訴我：「超嚇人的啦。」

「這、這是……南方大地的養殖鰤魚……極赤牛肉塊……還有好多來自南方大地的特產。啊，還有我一直很想要的椰子油！」

被運來夕顏的這些豪華食材，令我大吃了一驚。

另外還包含了一些魚乾與罐頭。像鮪魚罐頭在隱世也算高級貨，實在令人感激。

銀次先生與廚房的不倒翁助手們替我把裝箱的眾多食材運了過來，但我卻感到莫名其妙。

「嗯……可以算是狗的報恩吧？亂丸他剛才來到天神屋了。」

「咦？折尾屋的那個亂丸嗎？」

「葉鳥也順便一同來訪囉。」

銀次先生看起來心情莫名地好，毛茸茸的九尾從剛才就頻頻左搖右擺的。

「轉達會計長白夜先生的話，對方除了付清葵小姐的酬勞與這次攜手合作所產生的款項，也想另外表示一點心意，所以帶了許多伴手禮過來。他還跟大老闆交換了許多情報。」

「亂丸這傢伙原本有這麼友善嗎？他不是一直看天神屋不順眼？」

「呵呵，也許現在算是卸下心防了吧。」

就算銀次先生這麼說，從那傢伙跋扈的口氣與舉止還是很難理解怎麼會變成這樣。折尾屋一直以來對天神屋懷抱著敵對意識，無法想像他會客氣地帶伴手禮來送人。這就是所謂的在商言商嗎？我搞不清楚了……

「別看亂丸那副樣子，其實個性有情有義，他說特別想跟葵小姐您道聲謝。」所以才送來這些當地的食材嗎？尤其是養殖鰤魚，竟然送了整整一大條過來。獲得難以入手的食材，令我不禁偷笑了起來。

「不過話說回來，既然都來了，真希望至少親自打聲招呼啊。」

「葵小姐還在忙著開店前的準備，而且亂丸看起來也沒什麼空，馬上就回去了。我原本也希望他能多待上一會兒的……不過沒辦法呢，畢竟亂丸是南方大地的八葉。」

「呵呵。那下次換銀次先生你去拜訪折尾屋不就得了？現在已經沒有任何因素能阻撓你們彼此往來了，對吧？」

「葵小姐……」

銀次先生與亂丸過去經歷了漫長的兄弟鬩牆，同時因為折尾屋與天神屋互為死對頭的關係，長久以來處於斷絕往來的狀態。

然而在那場儀式過後，我感覺到他們之間的關係有了絕大的轉變。

「您說的沒錯呢，下次我也休假去見他一面吧。」

「嗯嗯，這樣才對。啊，不知道他們還好嗎？葉鳥先生、時彥先生、秀吉跟寧寧、可愛的雙胞胎料理長……還有信長。」

「大家似乎都過得很好喔。雙胞胎的戒先生與明先生，聽說在那之後更有身為折尾屋料理長的責任感，變得比往常更勤奮了。葉鳥先生仍然是那樣的調調，不過現在偶爾會回去老家朱門山了。雖然他嘴上說跟松葉大人一見到面就吵架，不過看起來感情還是相當好。」

銀次先生為我說明了折尾屋幹部們的近況，似乎是從亂丸那邊聽來的。

這樣啊。大家都各自積極努力中呢……

「還有，聽說秀吉先生跟寧寧小姐似乎締結婚約了喔。」

「咦咦咦！這是什麼意想不到的狀況？」

等等！我是知道秀吉對寧寧的心意，但是寧寧不是喜歡亂丸嗎？秀吉是這麼說的耶？

我一臉錯愕的表情不知道是多好笑，讓銀次先生撇過臉偷偷發出輕笑聲。

「就知道您會大吃一驚。不過真沒想到呢，尤其是秀吉先生那麼耿直又有男子氣概的性格，我實在是……」

銀次先生又輕輕笑了笑，不知道是樂見老東家在各方面的轉變還是什麼。

不過話說回來，那個秀吉跟寧寧竟然結為連理，還是讓我很震驚。

首先要恭喜秀吉，本來還以為他的單相思會永遠持續下去，沒想到意外提早開花結果了呢。默默在一旁支持這段感情的我感到很欣慰。

究竟在那之後發生了什麼事，讓他們倆湊成了一對？這令我相當好奇。下次見到寧寧時必須好好問個仔細才行。

「亂丸眼見自己推心置腹的小老闆與女二掌櫃結為連理，開心地說折尾屋這陣子也將一片太平安寧呢。幹部之間的羈絆加深了，的確會增強組織內的凝聚力呢。畢竟現在就不用靠亂丸一個人獨撐大局了。」

「天神屋的幹部組織也挺穩固的不是嗎？」

「嗯……話雖如此，但是『女二掌櫃』的流動率比較高。現在雖然暫時由菊乃小姐擔任，但她本來已經引退過一次了。況且她還有家庭因素在，可能很快就會再度卸下這份職務了。」

「咦！是喔？」

銀次先生表情憂鬱地點頭回應。

「如果真演變成那樣，又得另立新女二掌櫃了。但是若問現在天神屋內找不找得到適合的人才，其實有點難。老實說以我們諸幹部的立場，還是希望上次在折尾屋事件幫上大忙，而且又是前任女二掌櫃的阿涼小姐回歸。畢竟她擁有超群的能力。」

「我……也對於阿涼在工作上確實善盡職責這一點感到相當驚訝呢。而且寧寧雖然跟阿涼針鋒相對，其實心裡也很敬重她。」

「沒錯。不過呢……要讓阿涼小姐回鍋，應該需要為她製造一個有力的動機吧。現在少了底下女服務員們的擁戴，況且最重要的前提是她本人要有意願。會這麼說是因為在我眼裡看起來，她似乎非常安於目前一身輕鬆的立場。」

「的確是……」

正如銀次先生所說，最近的阿涼看起來對女二掌櫃的位置已經沒有任何留戀。

不久前還會透露出想復職的念頭，但最近她只顧著要我做這個做那個給她吃，而且一有空就跑來夕顏。似乎還很努力要找個好對象嫁掉。

雖然當初害她被降職的主因就是我，從我口中說這些好像有點怪就是了，但是我確實一直都認為阿涼對天神屋來說是不可或缺的力量。

我是指坐在幹部位置上的她。

「先別說這些了，葵小姐。我正在計劃配合這個月底的秋日祭，在天神屋內舉辦一些特別活動。請問夕顏這邊可以幫忙使用南瓜來製作一些秋天菜色或點心嗎？」

「南瓜？當然好。感覺好像萬聖節，似乎會很有趣耶。」

「沒有錯！我就是想到現世有萬聖節這種異國的慶典。雖然本以為在隱世難以重現，但要辦個小型的南瓜祭也許不成問題。」

「不是呀，天神屋本來就滿滿一群妖怪了，某方面來說每天都是萬聖節。」

不需要變裝的日式萬聖節……

「不過今年收成的南瓜確實很美味，辦個南瓜祭聽起來很棒耶。也許還能發小點心給來住宿的小朋友們。」

「製作南瓜提燈當成裝飾似乎也不錯。感覺可以在裡頭點上鬼火，讓提燈飄浮在天神屋四

周。」

「哇！聽起來比現世的萬聖節還更有氣氛耶！」

熱烈討論的我們，幻想起各種配合秋日祭舉辦的南瓜祭活動。

「順帶一提，葵小姐。大老闆其實不敢吃南瓜。」

「……」

銀次先生突然端出大老闆的話題，讓我僵了一下。

因為這讓我回想起幾天前的果園約會，在回程的空中飛船上被他抱住的事……

「葵小姐，怎麼了嗎？您的臉好像有點紅耶？」

「嗯？不不不，沒什麼啦。大老闆不敢吃南瓜這件事，我之前好像在哪裡聽過耶。」

「嗯嗯，我也常目睹大老闆把自己的那份煮南瓜放進白夜先生的小碗裡。」

「咦，他也太敢了吧？」

「嗯，沒錯呢。不知道白夜先生哪一天會忍無可忍而爆發，所以我個人是很希望大老闆能克服這一點。」

「的確呢。畢竟能不偏食當然是最好的……真希望在這次活動上能做出讓大老闆也敢吃的南瓜料理呢。」

雖然現在仍摸不透他愛吃的食物，不過至少知道他討厭什麼了。

總是任由他擺布的我懷恨在心，這次換我來給他一點驚喜了。

「葵大人，甜饅頭蒸好了喔。」

小愛從廚房裡探出頭來。

她現在仍維持在百目山上練就的幻化姿態。雖然能脫離墜子的外出時間依然有限，不過正以菜鳥員工的身分努力適應工作中。

「您剛才在蒸甜饅頭嗎？難怪我覺得有一股好香的味道。」

「嗯嗯。之前被砂樂博士拜託幫忙構想旅館的新土產，所以剛才正在試做。目前還處於改良階段，等正式定案之後想請銀次先生當第一個試味道的人。」

「哇，真令人期待耶。白夜先生看到折尾屋的土產後，也嚷嚷著天神屋必須開發新的特產與紀念品，而變得相當神經質呢。」

「唔……但我沒有信心能滿足他的期待就是了。」

要是我設計的產品完全賣不出去，重創旅館的生意怎麼辦。

要是害天神屋的招牌與評價一落千丈怎麼辦。

心裡還是會忍不住擔心這些。夕顏這麼小的一間店要獨挑大梁，一直讓我感到有點壓力。

「您不用擔心的。產品能不能打中消費者，除了時代與流行趨勢以外，運氣也占了很大的成分。這門生意連我跟砂樂博士都失敗了好幾次。只是我認為，能在失敗中有所收穫才是最重要的。」

「……銀次先生。」

「我也會全力協助您的。」

銀次先生爽朗的笑容令我覺得好耀眼，今天的他依然如此可靠。

正因為有這樣的他成為我的助力，我今天也能在夕顏努力下去了。

隔天，現在時間接近中午。

明天是天神屋休館日，因此今天處理完退房後便會結束營業。完成善後工作之後，大家就能下工了。

這一天夕顏也跟著休息，所以我突然臨時起意，打算晚上約女生們來開個火鍋派對。

此時我正通過中庭，打算去找可能會參加的成員們問過一輪。

「啊，是春日。」

頭一個遇見的是春日。她位在圓拱橋的彼端，正站在銀杏樹下。

我本來打算出聲叫她的，但看她似乎在跟某人交談，便打消了這個念頭。

樹上的銀杏葉已微微染上金黃色，她將背靠在樹幹上。總覺得……平時開朗的春日好像難得這麼面無表情。

「那是……」

在她身旁的，是門房領班千秋先生。他跟春日一樣都是狸妖。

我平常跟他並沒有太多交集，頂多在路上擦身而過時會打個招呼。

原本以為他是個身段柔軟，性格帶點輕浮的青年。但看他現在跟春日交談時的表情總覺得很正經，身上散發的氣息穩重到不行，跟平常吊兒郎當的形象有點落差。

那兩人是怎麼了？好不像平常我所認識的他們。

「啊，小葵。」

春日發現了在遠處觀察的我，抖了一下那對狸貓耳朵，便往我這裡跑了過來。

「小葵，妳要去本館喔？」

「呃，嗯嗯……真難得看你們倆湊在一塊兒耶。」

「會嗎？千秋算是我的親戚呀，多少會聊個天。」

「……這樣啊。」

所以他們倆平常就是那種相處模式，只是我不知道嗎？

「對了，春日。今天晚上打烊後啊，要不要來夕顏一趟？」

「去夕顏？有好料可吃嗎？」

「嗯嗯。其實我打算約女生們來開個火鍋派對。暖桌已經搬出來了，還準備了山蘋果釀的酒喔。偶爾也來個姊妹聚會吧。」

「姊妹聚會……」

春日露出了不好安心的表情說著：「感覺會相當精彩。」

她應該是心想能從大家口中套出許多勁爆話題吧。

「我還打算找阿涼跟靜奈過來，現在去找她們不知道方不方便？」

「啊，那我幫妳轉達一聲吧。反正我跟靜奈是室友，今天也剛好跟阿涼小姐負責同一間宴會廳。」

「啊，那可以拜託妳嗎？麻煩囉。」

「不會啦，反正我早就習慣跑腿了。」

春日嘻嘻笑著，然後便靈活地轉身跑走了。

在逐漸轉涼的秋日晴空下，她擺動著身後那條毛茸茸狸貓尾巴的身影，緩緩消失了。

「……」

回頭望向銀杏樹，門房領班千秋先生已經不在原地。

他們剛才究竟在聊些什麼呢？趁今晚聚會不著痕跡地打探一下好了？借用山蘋果酒的威力……

「葵殿下。」

「哇！佐助！」

庭園師佐助無聲無息地從天而降，直直降落在我身旁。

他大白天就一身忍者打扮，圍著長圍巾，平常這時間明明都穿著日式工作服打掃庭院的。

「怎麼了？在忙什麼任務嗎？」

「在下正在巡邏是也，由於最近各方面都不太平靜。」

「明天就要放假了，真是辛苦你了呢。肚子餓不餓？」

「這個呢……」

佐助的肚子挑準了時機發出咕嚕的叫聲。

「也許有點餓了是也……」

「呵呵。那等你值勤結束，趁休息時間來夕顏一趟吧。折尾屋送了好多海味過來。之前在南方大地也受到佐助許多幫忙，讓我做點吃的感謝你。」

「此話當真是也？」

總是一臉冷酷的佐助，只要一提到食物就會難掩喜悅，像個孩子似地雙眼發亮。隨後他自己驚覺到不對，便清了清喉嚨裝鎮定。接著他一邊把圍巾拉起來遮住了嘴，一邊留了句：「那麼晚點見。」便隨風消失了蹤影。

他還是一樣正經八百的好可愛。

「不過話說回來，不平靜是嗎……」

最近常聽到這一類的字眼。不平靜啦、可疑人物啦、還是事有蹊蹺之類的。

全心投入於經營夕顏的我沒有餘力顧慮周遭，對於外界發生了什麼事實在沒有太大的感覺。

但這種不安感確實讓我很憂心——在我所看不見的檯面下，也許有什麼正在伺機而動。

今天的黑暗聚會專屬於姊妹淘，謝絕男士進入。

這是一場在夕顏打烊後舉辦的火鍋派對，成員是天神屋的女員工們。今天的場地不在夕顏店裡，而是位於後方的我房間——的暖桌上。

今晚要享用的大餐是鰤魚涮涮鍋。

也就是使用折尾屋送來的鰤魚切成薄片，搭配昆布高湯涮過享用。

「這個昆布高湯可是使用南方大地那邊送來的高級昆布喔。搭配口感鮮脆的水菜、白蘿蔔薄片、蔥白與金針菇煮成火鍋，盡情把鰤魚片涮來吃吧。」

「好～～我們開動了！」

明明才剛結束一天的工作，這群女生的眼神卻散發出光芒。

應該說正是因為下班肚子餓，所以才更加期待吧。

將充滿油脂的鰤魚肉快速浸入熱騰騰的昆布火鍋內，不用幾秒就熟了。涮好的鰤魚就沾上加了紅辣椒而帶點麻辣的白蘿蔔泥與柑桔醋醬油享用。

「啊啊！這也太好料了吧，好久沒吃到鰤魚涮涮鍋了喔。」

「阿涼小姐，妳也要多吃點蔬菜喔。白蘿蔔片也可以下鍋涮。」

「我知道啦。」

春日趁機把青菜放進光顧著吃鰤魚的阿涼碗內。

而她自己也夾起煮得入味的金針菇與用高湯燙過的鰤魚，沾上滿滿的白蘿蔔泥大口享用。

「好好吃！」

她們倆同時心滿意足地瞇起眼睛。

的確，鰤魚肉生吃與熟食是兩種截然不同的風味。

肉質緊實有彈性，帶有強烈甜味的鰤魚，下鍋涮過之後搭配辣味白蘿蔔泥與柑桔醋醬油。這樣吃起來與做成生魚片或醃漬後的感覺截然不同，可以享受到健康又高雅的風味。

哎，終於來到最適合吃火鍋的季節了。

「對了，靜奈大概幾點能過來？」

「澡堂對外開放時間已經結束，她收拾整理完應該就能過來了。畢竟靜奈是我們之中唯一的幹部，必須在崗位上待到最後一刻呢。」

「這樣呀，說得也是呢。畢竟人家靜奈是幹部嘛。」

我邊說邊瞄了阿涼一眼。

原本期待這句話會不會讓身為前幹部的她有所反應。

結果阿涼本人似乎毫不在意幹部怎麼樣，大口暢飲著加了蘇打水的山蘋果調酒。簡直就像個借酒澆愁的單身OL……

「話說啊，妳們知道嗎？折尾屋他們家的小老闆跟寧寧成親了對吧？」

「不，才剛訂婚吧？結婚似乎還要一陣子喔。」

我跟春日兩人望向彼此問著：「對吧？」然而阿涼完全沒在聽我們說話。
「哼！那小丫頭這麼早就當人妻，將來可有她受的了！那個叫秀吉的小老闆明明是個矮冬瓜，看起來卻兇巴巴的又愛囉嗦。」
「是嗎？別看秀吉那樣，其實他挺體貼的喔，不過要說囉嗦也真的是很囉唆啦。但他似乎喜歡寧寧很久了，看他們終於兩情相悅覺得很欣慰呢。」
我充滿感慨地說著，心情彷彿是家族親戚之中的歐巴桑。
「哼！不要再討論那些有人愛的女人啦！我對於他人的幸福一點興趣都沒有！」
可以的話真希望那對嬌小的可愛情侶能就此攜手共度美滿人生。
阿涼將淨空的玻璃酒杯用力往桌上一放，發出匡啷巨響。
「啊啊，開始了。見不得人好的阿涼小姐的發牢騷時間……」
春日擺出無可奈何的姿勢，似乎平常就被阿涼當成情緒垃圾桶。
「打擾了。」
「啊，是靜奈。」
此時靜奈也加入我們的陣容，讓現場氣氛煥然一新。
擁有溫泉師頭銜的她負責管理女浴池，同時也身為天神屋的幹部之一。
「靜奈！等妳好久了！都已經先開戰啦！」
「呃，是，非常不好意思……咦，開戰？」

然而身為幹部的她，卻因為區區一位女服務員阿涼的狠瞪而嚇得一愣，低聲下氣地道歉。

而且她看起來完全不明白阿涼在說些什麼。

靜奈帶了盒裝的綜合小米果當作伴手禮，感覺很適合在吃完飯後當成下酒小點心。

「靜奈，快過來這邊坐，欸欸妳喜歡鰤魚嗎？那山蘋果酒呢？」

靜奈難得過來這裡作客，所以我想好好招待她一番。

「哇，竟然有鰤魚，好懷念。」

「啊，對耶，靜奈妳在折尾屋工作過嘛。以前常吃嗎？」

「是的，我最喜歡鰤魚了。呃，因為師傅他常常煮給我吃……」

靜奈支支吾吾地開始動筷，用餐的動作相當優雅。

而阿涼則猛盯著阿涼看，眼神就像是婆家的小姑。

「話說回來，靜奈……妳在折尾屋也有個好對象對吧。」

「嗯？好對象？」

「就是那個啊，專程追來天神屋的傢伙。叫什麼時彥來著？看起來毫無魅力的男人。原來妳偏好那種老派的啊。看妳裝得這麼文靜，原來恬恬吃三碗公。真沒想到妳也會散發出名花有主的氛圍啊，嗝！」

「啊！那是……呃……我、我跟師傅他……並不是……」

驚慌失措的靜奈臉頰開始變得通紅。

突然被扯到這種話題，讓她徹底陷入不知所措。

「阿涼，好了啦！人家靜奈才剛要開動耶，妳這種開門見山的問法，難得能吃到的鰤魚都變得難以下嚥了。」

「葵，妳很囉唆耶。就只知道吃，真的很不解風情。滿腦子只有料理的人先安靜啦。」

「妳、妳說什麼……」

也不想想我是為了誰才舉辦這場火鍋派對的。

阿涼也真是的，黃湯下肚之後那沒大沒小又愛惹事的性格變得更嚴重了。

「唉，雖然說妳愛料理成痴，但終究還是會嫁給大老闆不是嗎？註定能飛上枝頭當鳳凰的妳，不會明白我的孤獨寂寞吧。」

「妳在說些什麼啊，我明明就是為了逃避婚約才拚死拚活工作的。」

「不過啊，小葵。妳不是才跟大老闆一起出遊，還共度一夜春宵嗎？」

「欸！春日，妳不要用那種引人誤會的說法啦，我們只是被山裡的玃猿抓走了而已。」

「啊，不過……跟大老闆攜手度過危機後，心境上沒有什麼轉變嗎？有沒有什麼進展呢？」

「咦？」

就連靜奈也問我這種問題。

三個女生的視線焦點直直地固定在我身上……

這眼神是怎麼回事啊！簡直就像一群鎖定獵物的鬣狗耶。

「怎、怎麼可能有什麼進展啊！不過，大老闆他……確實竭盡全力幫助我就是了。」

什麼進展？到底怎樣才算是有進展啊……

我在這方面的經驗值過低，連進展的基準在哪也不明白。

越想越一頭霧水的我，突然回想起那次被抱緊時的溫度，最後只能頂著通紅的臉頰咬牙不語。

這種感覺……究竟代表什麼？我自己也沒有答案。

「看來是發生了些什麼呢……」

「呃，真的耶。葵小姐難得會如此滿臉通紅。」

春日跟靜奈在這關鍵時刻恢復冷靜分析著，偷偷交頭接耳的內容都被我聽見了。

「好啦，炫耀就到此為此，真受不了！妳們全是一個樣！」

阿涼似乎已經對男女話題感到厭煩，在暖桌邊躺了下來，一臉不爽地發懶。

真想狠狠揍這傢伙一頓……

「阿涼小姐就是因為老是擺出一副歐吉桑的樣子，才會錯過適婚年齡啦。」

「春日？像妳這種沒談過戀愛的小丫頭大概不明白吧，這世上根本沒有什麼命中註定的邂逅。像我這種優質女人啊，必須好好張大眼睛精挑細選，畢竟也沒有時間重來啦。」

「是是是，話說我至少也有過初戀好不好……」

「反正一定是兒時回憶吧，那種乳臭未乾的扮家家酒就別說了。好啦，春日，快幫我倒酒。」

「是是是……真受不了。」

隨便就往地上一躺的優質女人是吧。還讓晚輩幫忙斟酒，又豪邁地暢飲了一番。

「不過說到這裡，春日呀，妳今天白天跟門房領班千秋先生在一起對吧。你們到底在聊些什麼呢？」

「呃……」

突然想起這件事的我隨口問了春日，結果她的臉色微微一變。

「咦咦咦！不會吧，怎麼回事？春日跟那個千秋嗎？」

這個話題讓阿涼猛然彈起身子。

「好痛！」靜奈似乎在暖桌中被阿涼踢中了膝蓋，發出微弱的一聲慘叫。

「阿、阿涼妳是怎麼啦？」

「千秋那小子看起來吊兒郎當又沒什麼肩膀，不過卻是許多女服務員的目標呢。畢竟唯一優點就是那張臉蛋長得不錯，而且好歹門房領班也是幹部之一嘛。大家都覺得他結婚之後應該會很聽老婆的話。感覺就是好好先生。春日，妳也是其中一人嗎？」

「阿涼小姐在說什麼呀，千秋可是我的叔叔耶。也就是我父親的弟弟。」

「咦！是喔？」

大家全都愣了一下。看來在場沒有任何人知道這個事實。

春日「啊」了一聲，臉上的表情就像驚覺自己說溜了嘴。

「因為喝多了嗎……不小心多嘴了。」

春日搔了搔自己的太陽穴，而靜奈似乎也回想起了什麼。

「說到這讓我想到……春日每次放長假回老家去時，千秋先生好像也都剛好不在旅館裡呢。」

「難不成你們都一起返鄉？」

就在各種疑點逐漸浮上檯面時，春日哇哇大喊。

「好了啦！我的八卦一點都不重要！先別說這些了，重點是火鍋！妳們看，水菜、蔥白還有豆腐都煮得很入味了。蔬菜與鰤魚所釋放的鮮味融進了難得弄來的高級昆布高湯裡，感覺相當不錯啊。小葵，火鍋吃到最後要用什麼結尾？」

春日用熟練的動作把火鍋裡的配料一一分裝至大家的碗裡，逼我決定怎麼收尾。

她才是最講究火鍋吃法的火鍋股長……

「呃！這個嘛，果然還是烏龍麵吧？」

「烏龍麵！」

「這個好。」

靜奈開心得合起雙手，而眼神變得銳利的阿涼則已經蓄勢待發。

我馬上拿了幾球烏龍麵過來，放入凝聚各種美味精華的高湯中。

接下來只需耐心等待麵條煮得入味，吸飽高湯內的美味。

「話說回來，妳們對於天神屋裡的單身漢們有什麼想法嗎？」

「啥？」

「沒聽說什麼有趣的消息嗎？」

阿涼又再倒了一杯酒，仗著爛醉問我們。

看來這傢伙把自己的事情擱置一旁不管，要開始講天神屋內男性員工們的八卦了。

「比方說像是曉啊。那小子是幹部之中年紀最小就坐上高位的，前途無量，但該說年輕氣盛嗎？總覺得他還是太毛毛躁躁了呢。不過也就是拚命三郎這一點特別可愛就是啦。但是那種愛記仇又沒事亂發脾氣的個性不太好耶，我想他一定沒人要。」

「大掌櫃每次會生氣，不都是因為阿涼小姐妳自己言行舉止有問題嗎？」

「春日，妳安靜。」

「疼疼疼！」

阿涼用力扯著春日的臉頰，沒想到可以拉得這麼長。

「曉先生雖然表情有點兇神惡煞，不過我認為他是個工作能力強，又努力向上的人喔。不過……我對年紀比自己小的弟弟沒興趣就是了。」

「對呀，靜奈，妳專門喜歡熟男嘛。」

「嗯嗯，男人五百而立。」

靜奈很自然地表明了自己對曉絕對沒有感覺。

不知道她是否有點醉了？正喝著加了冰塊的山蘋果酒……

「曉喔……第一次見面時他就用殺人的氣勢對我怒罵，讓我對他的印象差到不能再差。不過……現在覺得他是個好人喔。再怎麼說，個性其實還是很懂得照顧人嘛，而且又疼妹妹。」

再說現在他也成了夕顏的常客，雖然眼神很兇惡，其實很愛瞎操心。

我想這是因為他以前就一路負責照顧妹妹鈴蘭小姐與爺爺的關係。

「順帶一提……」

此時春日拿出了一本記事本，封面上打了個圈，寫著「機密」兩字。這、這是什麼東西？讓人好害怕。

「根據我的調查，沒有任何跡象顯示出大掌櫃有交往對象喔。個性帶刺又過於一本正經，成了他的致命缺陷呢。就算女服務員們邀他出去玩，聽說他也完全無動於衷喔。」

「果然是這樣呢。」

「不過原來也有女孩子願意邀請他喔……」

為此感到意外的我是不是有點失禮？我想此時的曉應該正猛打噴嚏吧。

「啊！烏龍麵烏龍麵。」

此時烏龍麵正好也煮得入味了，我將麵條一一分裝到大家的碗裡。

「唔哇～～就是這個就是這個！吃完火鍋果然要來點烏龍麵。」

「麵條吸飽了滿滿的高湯，相當美味呢。」

徹底吸收鰤魚的鮮甜與油脂的烏龍麵，搭配清爽的酸橙醬油享用。這滑順的口感正適合為剛才的火鍋劃下完美句點。哎呀，真是絕品。

「欸，葵，妳怎麼只小酌了一杯啊，一起喝個痛快啦！」

「很抱歉，我規定自己只能喝一杯。之前已經受到慘痛的教訓了。」

酒還是淺嘗即止最美味，貪杯求醉這件事對我而言只有滿滿的恐懼。

大家都喝得很猛耶，真的沒問題嗎？

這個山蘋果酒可是擁有山賊剋星的別名耶。

「那……接下來輪到小老闆。」

阿涼繼續切回剛才的話題。

「咦！妳連銀次先生也有得講？等等，人家可是無懈可擊的完人耶！不對，應該說完妖？根本沒有缺點可以讓妳挑剔啊。」

「哎呀，葵，這妳就不懂了，沒有缺點就是他最大的缺點啊。」

阿涼露出故作成熟的微笑，晃了晃手上的玻璃酒杯。

「小老闆當然是個很棒的對象啊，相貌堂堂又沒架子，工作能力也沒話說。」

「沒錯。個性又非常溫柔善良，總是給予我許多幫助……不過銀次先生看起來的確對戀愛毫無興趣耶。」

那麼完美的銀次先生至今仍是單身貴族，這一點令我感到不解。

我認為他充分具有桃花朵朵開的資格。

「不過……正如阿涼小姐所說，銀次大人毫無破綻呢。女孩子們總是對自己的某些地方缺乏自信，所以面對銀次大人那種看起來完美無瑕的人，也許不敢主動出擊呢。」

「小老闆如果是肉食男那就另當別論了。但是妳們想想，就像小葵所說的，他本身看起來對於男女情愛就沒興趣啊。小葵可能不知道，小老闆面對一般員工時會保留一定的距離感。這種態度讓女孩子們對他的仰慕也只能僅止於憧憬了吧，無法更進一步了。」

原、原來如此……

靜奈與春日的分析讓我很能認同。

「不過在經過折尾屋那次事件後，總覺得小老闆給人的感覺不太一樣了呢。我聽女服務員她們說，最近他變得比較好親近了，也許總算要迎接桃花期囉。葵，如果真是那樣，小老闆可就沒空管妳了呢。」

「……」

「……」

阿涼露出壞心眼的表情說著，似乎在試探我。

然而我直到剛才都還相信銀次先生很受女性歡迎，所以對於她的餌並沒有什麼特別感覺。只是如果他真的因此而減少來夕顏的頻率，那的確挺讓人寂寞的……

「順帶一提，聽說小老闆那九條尾巴，從右邊數來下面的第三條最怕癢。應該稱得上是他的弱點吧。」

「春日，妳為什麼連這個都知道？」

好可怕，春日的情報網太驚人了。

原本微醺的我們，被她神祕的情搜能力嚇得酒都醒了。

「那……接下來輪到會計長白夜大人。」

「阿涼，妳偏偏選了個最不該多加過問的人啊……」

話題終於來到白夜先生身上，如果出言不遜，感覺好像會被他詛咒耶。

「老實說，我對他的印象只有被教訓而已……」

「我也是。」「我也是呢……」

才說到這，一群女生已無言以對。大家似乎回憶起往事，而在暖桌裡發著抖縮成一團。話題明明才剛開啟，在白夜先生給人的壓力下，便到此結束了嗎？

「順、順帶一提，白夜大人他私底下很寵後山那群管子貓喔。」

「春日，這早就眾所皆知啦。大家只是怕傳出去會惹來殺身之禍，才絕口不提的。」

嗯，簡單來說呢，就是白夜先生的愛全灌注在管子貓上了。

「那位大人呀，身上也圍繞著太多謎團，感覺不是一般人能招架的啊。應該說他的身分跟大老闆一樣是我們高攀不起的。」

「畢竟白夜大人跟大老闆也是老夫老妻啦。」

阿涼跟春日打開靜奈帶來的一盒綜合小米果，邊用手拈著吃邊漫不經心地說著。

「老夫老妻？」

白夜先生是男的耶？我歪頭不解。

「意思是說，他從以前就像天神屋的賢內助啦。大老闆能自在地雲遊四處洽公，據說也是因為有白夜大人在天神屋坐鎮。他跟大老闆似乎是老交情了，天神屋裡有資格對大老闆有意見的，也只有身為會計長的他了。」

這麼說起來，之前我跟大老闆外出時，白夜先生的確也對大老闆千叮嚀萬囑咐了一番呢。他們之間的關係，比起「天神屋的上司與下屬」，看起來也許更接近「老公被比自己年長的老婆督促早點回家」的感覺。

「的確，因為天神屋裡沒有女老闆，所以白夜大人只好身兼二職了吧。」

「女老闆？」

靜奈舔了一口甘甜的酒液，一邊娓娓道來關於老東家的回憶。

「像折尾屋就有黃金童子大人坐鎮。我聽說她過去曾是天神屋這邊的女老闆。從她離開之後，天神屋之中能跟大老闆擁有同等權限的這個位置，就一直處於從缺狀態。」

「這樣啊……說到這我才想起來，以前也曾聽過銀次先生講過類似的事呢。」

所以白夜先生才身兼女老闆的職責嗎？

「唉，女老闆什麼的，這些莫名其妙的事情無所謂啦。」
「阿涼小姐以前明明還痴人說夢，幻想爬上女老闆的位置。」
「春日妳少囉嗦！我現在決定活在現實啦！」
阿涼與春日的這番對話讓我伸長了耳朵，然後我抓緊時機試著追問。
「說到這……阿涼，妳現在已經對女二掌櫃的位置沒興趣了嗎？」
「啥？葵，妳問這什麼問題？我哪有可能爬得回那個位置。」
「呃，是喔？」
「算了啦，沒差。過去拚了命一心想要飛黃騰達的那個我已經死了。我現在只求輕鬆快樂，活得自由自在。也就是找個多金男結婚，早點拍拍屁股不幹了啦。」
「……」
總覺得現場的氣氛好像徹底凝結了。
或許是因為我們所有人，心裡其實都希望阿涼別放棄這份工作吧。
尤其是春日，她的雙眼瞪得又圓又大。那不知所措的表情彷彿不像平常的她。
我握拳敲了一下手心，試圖轉換這股尷尬的氣氛。
「啊！對了對了。我用去果園採回來的大葡萄做了葡萄塔喔。要吃嗎？就是一種烘焙甜點，放了滿滿的葡萄，還加上卡士達醬喔。」
「卡士達？我要吃我要吃。」

大家紛紛點頭說好，雖然似乎根本不明白那到底是什麼東西。

葡萄塔——

使用折尾屋送來的椰子油烘烤出酥脆的塔皮，再用前幾天跟大老闆一起採回來的大葡萄「大紫水」做為裝飾，就像是個閃閃發亮的珠寶盒。

塔皮上頭鋪了一層用食火雞蛋、麵粉與牛奶熬煮成的低糖懶人版卡士達醬，然後將切半的葡萄埋入其中，送進烤窯烘烤。

烤出金黃色澤之後，最後以鮮奶油與新鮮葡萄做最後點綴。

我試著擺上滿滿的葡萄，幾乎看不見底下的卡士達醬。

「唔哇啊啊啊！」

這充滿震撼的外形，任誰看了都會雙眼發亮，滿心期待。

正當我準備在大家面前切成小塊時，靜奈眼看精心裝飾的美麗圓塔即將四分五裂，發出了「啊……」的嘆息，聽起來似乎充滿惋惜。

由於沒有叉子，所以我請大家拿吃和菓子用的高級烏樟木籤享用，或是直接用手拿著吃。

「唔哇！好濕潤可口喔，怎麼會這樣！我本來以為葡萄就是應該生吃才對，沒想到做成這種烘焙點心也這麼搭。」

「這是我第一次嘗到這樣的甜點，塔皮的風味更加襯托出葡萄的甘甜，非常完美。」

用手拿著吃的阿涼與使用木籤享用的靜奈，兩人都像少女般陶醉在眼前的甜點中。

「像卡士達醬這種充滿雞蛋醇厚風味的奶油醬，搭配酸酸甜甜的新鮮水果，更能襯托出彼此的優點，是最佳組合呢。這道理不論哪一種水果塔都通用，能營造出甜而不膩的口味，並且中和原本的酸味。」

在我解說著的同時，春日則用手拄著下巴，直盯著葡萄塔觀察，一口也還沒吃。

「怎麼了嗎？春日，難道妳不喜歡吃葡萄？」

「嗯？不……葡萄是我的最愛喔。我只是在想原來『塔』是這樣的點心啊。」

她用手拿著脆硬的塔皮，張開大口從尖端豪邁咬下，一次將葡萄、卡士達醬與香氣逼人的塔皮塞滿雙頰。

「嗯～～真令人無法招架，多汁的葡萄就像在口中迸開來一樣。」

剛剛才吃了一輪鰤魚涮涮鍋與烏龍麵，我們這群女生彷彿體內擁有另一個裝甜點的胃，把葡萄塔也吃得一乾二淨。

「葵殿下……」

就在此時，有個男孩的聲音從店裡傳了進來。

「是佐助。對耶，都忘了我說過，等他下班後要做點吃的招待他呢。」

「佐助是吧……」在場除了我以外的三個女生，斜眼瞥著彼此，交換了眼神。

「欸，葵，妳把佐助也叫來這裡啦。」

「咦？可是今天是男士止步的姊妹聚會耶，可以讓他過來嗎？」

「可以啦可以啦，佐助是可愛討喜的好孩子。」

「……」

總覺得有一股不好的預感，但我還是離開房內，去夕顏把佐助叫過來。

「佐助，工作辛苦了。我們正好在後頭的房間開火鍋派對，順便幫你追加一份吧。」

「火鍋是嗎？天氣漸漸轉涼，的確適合吃火鍋是也。」

「你先進房去吧，大家都在等你喔。我準備好食材就回去。」

「在下明白了是也。」

毫不知情的佐助一步步前往位於深處的房間，拉開門。

「？」

然而就在這一瞬間。

「呃啊啊啊啊～～葵殿下！葵殿下！」

佐助被裡頭的人以迅雷不及掩耳的速度拖進房內，連身為忍者的他都來不及反應。

佐助……那個可愛又無辜的佐助，就這樣成為飢渴肉食女們的獵物。

「抱、抱歉了，佐助，我會幫你準備美味火鍋的。」

我一邊飽受罪惡感折磨，一邊另外準備了新的土鍋、高湯、蔬菜與鰤魚片，急忙前往裡頭的房間。

神啊，請保佑佐助平安無事！

「……」

佐助已被爛醉如泥的一群女人糾纏不放，被迫聽她們發牢騷以外還被灌酒。頭髮不但被亂摸，身上的圍巾也被亂扯。反過來說可以算是備受疼愛。

「葵殿下～～」

害怕到了極點的佐助已經淚眼汪汪，我開始有了保護他的使命感。於是趕走纏人的女生，將鰤魚涮涮鍋再次擺上暖桌，讓他好好吃一頓。

在佐助享用晚餐的期間，由我負責保護他。

正當我如此下定決心，女生們下一秒就立刻當場倒地，像是電力耗盡了一般。

「呼嚕……」「齁……」現場鼾聲四起。

她們似乎是被猛烈的睡意所侵襲，看來山蘋果酒總算開始發揮作用了。

「葵殿下……妳們幾位究竟在這裡做些什麼？」

「嗯？今天是男賓止步的黑暗聚會喔，佐助。」

「男賓止步的黑暗聚會……」

喝醉酒的女人真的不好惹。

所有本性、真心話，以及內心那些若隱若現的黑暗面，絕不能帶出這間房。

今晚所吐露的心聲就留在今晚，明早醒來就全部忘乾淨吧。

——這就是我們今天的姊妹聚會。

插曲【三】曉，與一封來自現世的信

「天神屋全體員工衷心恭候您再次蒞臨。」

我是曉。是一隻土蜘蛛，同時也是天神屋的大掌櫃。

與女接待員及門房一同帶著笑容目送本日最後一組客人離開之後，我身為大掌櫃的工作也告一段落。

每到這個瞬間，也是我終於能鬆口氣的時候。

在太陽下山前結束櫃檯工作的我，沉浸在公休前日的解放感中。

負責打雜的小鬼們繞著櫃檯跑，大喊著：「放假囉放假囉～～」而身為門房領班的狸妖千秋先生負責管理這群小鬼，叫他們在接待大廳集合，照順序點名。

多數小鬼是無父無母的孤兒，由天神屋負責照料，並且給他們一份工作。而每到休館前夕，除了薪水以外還會多發放一點零用錢，好讓他們迎接假期到來。

「你們聽好啦，乖乖回去小鬼宿舍，別妨礙大人工作。」

「是～～門房領班大人！」

千秋先生命小鬼們排成一列，並吩咐他們安靜地回宿舍。

「要是用跑的，零用錢就沒收喔。啊，來跟大掌櫃問安。」

「是～～大掌櫃再見！」

「嗯……」

換作是我，絕對不可能顧得好那群小鬼，門房領班也真辛苦。真慶幸自己幹的是大掌櫃。

「呼……總算收工。啊！曉，待會兒要不要去銀天街喝一杯？」

目送小鬼們回宿舍的千秋先生對我提出邀約。

雖然他總是帶著輕鬆的微笑與輕佻的口吻，對人又點頭哈腰的，其實在這天神屋的資歷比我還稍微久一點，算是我的前輩。在幹部裡頭同為新人的我們，一起相處的時間不算少。

「啊，不過你今晚也要去葵小姐那邊吃飯嗎？」

「不了。聽說她今天約了一群女人聚聚，不知道要辦什麼可疑的聚會。」

「這麼一說我才想到，春日也提過這件事呢。是說葵小姐她啊，也頗融入天神屋了呢。啊！小老闆，今晚有空嗎？不嫌棄的話要不要一起去喝一杯呢？」

「喔喔，這主意不錯呢，千秋。」

他也對小老闆提出邀請，而對方也難得這麼興致勃勃地答應了。

千秋先生這種看起來為人和善的柔軟身段正是我所缺少的東西，因此我也常想，或許他比我來得更適合大掌櫃這個位置。

不過我記得曾聽他本人說過，自己其實頗中意這份在幹部之中被認為是下下籤的職務。

「呃，那個，曉大人、千秋大人，還有銀次大人。」

「請問三位明天有什麼計畫嗎？」

「不嫌棄的話，要不要一同出遊呢？」

三位女服務員像是看準時機，過來與我們攀談。

最近常有人像這樣過來問我要不要出去玩。雖然以我個人來說，休假就是想休息。

「聽起來不錯呢，不過老家的人叫我明天回去，所以……下次請務必約我喔。」

千秋先生一邊摸著自己的後腦勺，一邊熟練地推掉邀約。

小老闆似乎對她們的邀請感到很為難，不過還是用一句「我也已經有約了」果斷地推辭。

而嫌麻煩的我當然以簡單一句「不行」拒絕。

「這、這樣呀……」

女服務員們垂下肩，看起來明顯大失所望。

「那不然，下次休館日各位有空嗎？」

「這個嘛……」

真是一群不屈不撓的女人。

千秋先生與小老闆兩人一直盯著我看，到底是什麼意思。

他們彷彿用眼神說：「反正你每次放假都沒事幹，就答應她們啦。」這是在霸凌後輩嗎？

「欸，妳們聽我說。在妖都紅透半邊天的人氣男演員雪之丞大人，明天要來鬼門歌舞伎劇場耶。現在哪有空跟那些男人瞎耗？妳們平常不是老喊著人家多帥。」
突然從我們背後現身而出的是阿涼。
她所提供的情報立刻釣中了女服務員們，讓她們驚呼：「咦咦！」
「不會吧！阿涼，妳說真的嗎？」
「得快點去看看布告欄！」
「雪之丞大人～～」
剛才那副失望的樣子是消失到哪去啦？這群女人發出高分貝的尖叫聲後便立刻走人，連看也不看我們一眼。
「不愧是阿涼小姐，感謝拔刀相助。」
小老闆向阿涼致謝，結果對方挑起單邊眉毛發出輕笑。
「三位已經成為女服務員們的目標了喔，說是幹部之中感覺攻略難度比較低的。沒想到你們也有點本領，真是不容小覷呢。」
「妳這到底是褒還是貶啊？」
「曉，人家好心幫你解圍，至少該表示謝意吧。」
阿涼指著我的鼻子，打算強逼我吐出一句謝謝。
這女人果然很厚臉皮又令人火大，是我最不會應付的那種類型。
「阿涼小姐～～」

女服務員狸妖春日走了過來，扯著阿涼的衣襬。

「快點出發前往夕顏吧，小葵在等我們喔。」

「好好好，那群單身漢好像要結伴去借酒澆愁耶，我們還是趕快去參加我們閃亮亮的姊妹聚會吧。哎呀呀真可憐啊，一群臭男生。」

「阿涼小姐，充滿黑暗面的我們也沒好到哪去啦。半斤八兩才對。」

春日的吐嘈來得正是時候。這個狸貓丫頭雖然只是一般女服務員，卻相當機靈又能幹。連我也常常忍不住請她幫忙跑腿辦事。

「啊……」

春日一度回頭望向我們這裡，看起來有話想說，最後又作罷了。

不，正確來說，似乎是望向我隔壁的千秋先生。

千秋先生則依然掛著好好先生的和藹笑容。

銀天街上的河岸兩旁林立著攤販，而其中一隅生意特別熱鬧。

那裡聚集了剛結束一天工作，在回家前過來喝一杯的大叔們。我們可能也算在其中吧。

我們三人並肩坐在這間有賣食火雞肉串燒的攤販前，各自點了偏好的酒，請店家熱酒。

「啊啊，偶爾坐在路邊攤吃烤雞肉串也真不錯呢。」

「說得沒錯，小老闆。畢竟您每次一有空就往夕顏跑呀，偶爾也多跟我們聯絡一下感情嘛！」

「我、我現在不就在這了嗎？」

千秋先生對小老闆耍了幾句嘴皮子後，便向攤販大叔點餐：「啊，我要雞腿肉、香蔥雞肉還有雞翅，全都要鹽味的。」

「我要……香蔥雞肉和雞胗要鹽味的，然後雞肝要醬燒口味，麻煩您。」

「我要雞屁股、雞肉丸還有雞皮，都醬燒。」

我們一邊喝著熱好的酒暖暖身子，一邊話家常。剛點的串燒所散發出的誘人香氣撲鼻而來。

「不過呀，小老闆您願意回來天神屋真是太好了。您不在的這段期間，旅館裡簡直一片大亂。像曉這傢伙，每天都要念上一句『小老闆怎麼還不快回來～～』像個戀愛中的少女一樣，我們真的是名副其實一個頭兩個大呀。」

「咦？」

「欸！千秋先生！」

還不是因為小老闆平日負責的工作量不是普通得多，造成的空缺也非同小可。

而小老闆不知道在驚訝些什麼，一臉呆愣地看著我。

「這、這個嘛……是因為那次讓我充分體會到，櫃檯工作平常有多仰賴小老闆的幫助才撐得起來，所以……」

我開始直冒冷汗，忍耐著心中的難為情，小小聲地說著。

那種雞飛狗跳的經驗，我再也不想嘗第二次了……話說到這裡，我拿起剛上桌的串烤雞肉丸大口咬下。

啊，裡面有加軟骨，真好吃。

「曉……那次真是辛苦了你呢。」

「呃，是。」

小老闆似乎陷入感動之中，而我個人則是覺得太害臊了而無言以對，只能小口啜飲著酒。

「沒錯沒錯，小老闆真的很偉大呢，不但身兼天神屋的企劃與營運，同時還掌管那塊被稱為『鬼門中的鬼門』的店面啊。甚至還要順便幫忙照顧大老闆的未婚妻。換作是我絕對吃不消的，光是照料小鬼們就已經夠焦頭爛額的了。」

千秋先生則代替我打開話匣子炒熱氣氛，話題轉移到葵的身上。

「呃，啊哈哈。照顧葵小姐並不是我被分派到的工作，應該說是我自己硬要拉攏她比較正確……而且葵小姐是個能幹又可靠的人，我才是受到她許多幫助。她似乎受砂樂博士所託，現在正竭盡全力替天神屋開發新的土產……我對她只有滿滿的敬佩。」

小老闆像是回想起什麼似的，一個人發出輕笑聲，接著又點了一壺酒。

那種酒不是還挺烈的嗎……

「我跟葵小姐沒有太多交集，所以不太了解她就是了。不過那位史郎先生的孫女真的有那麼與眾不同嗎？」

「嗯嗯，葵小姐可厲害的呢，尤其是她的料理。對吧？曉。就連曉也是，一開始對葵小姐那麼衝，現在卻成了夕顏的常客呢。」

「咦？呃，嗯……」

「噢！你看看你，說不出話了吧？畢竟那時候最強烈反對的就是曉呢。」

「……」

我早有心理準備，這件事未來總有一天會成為大家挖苦我的話柄。

不過我也想好了要怎麼應付……

就是把話鋒一轉，拉那個吐嘈點比我更多的人來當擋箭牌。

「她做的菜合我胃口，所以我確實會在下班後過去。不過比起我，阿涼她才是三天兩頭就往夕顏跑吧？那傢伙以前還曾企圖殺人滅口呢。」

「啊、啊哈哈！阿涼小姐確實變了不少，現在已不像當時針鋒相對……還常跑去夕顏跟葵小姐蹭飯呢，還有春日小姐也常出現在店裡喔。」

接著小老闆似乎回想起剛才的阿涼與春日。

「說到這，春日小姐現在依然喊她為『阿涼小姐』呢。從女二掌櫃的身分降職之後，也只剩她維持這樣的稱呼了。」

「春日她啊，可喜歡阿涼小姐了。她說剛來天神屋這裡工作時，就是阿涼小姐在照顧一無所知的自己。」

「咦，原來是這樣呀。話說我記得春日小姐跟千秋你是親戚對吧？」

「嗯嗯，沒錯沒錯。」

很好，成功轉移話題了。

微醺的小老闆與千秋先生已經開始改討論起阿涼與春日的事情。

鬆了一口氣的我，跟老闆加點：「大叔，我要雞腿肉跟雞肉丸。」

我還真喜歡雞肉丸耶……

「說到這……剛才春日她是不是本來有話要跟你說啊？千秋先生。」

「……」

我無心的疑問似乎讓千秋先生的表情微微僵住了。

難得看他露出這樣的臉，然而下一秒他又恢復以往輕佻的笑容。

「嗯，大概……是為了明天的事情啦。」

「明天？」

「因為明天得回老家一趟，唉……真是提不起勁呀。」

喔喔，原來剛才說要回鄉是真的，並不是為了拒絕女人邀約而胡謅的啊。

不過他的口氣真奇怪，有這麼抗拒回老家嗎？

「小老闆沒有打算回折尾屋一趟嗎？」

「咦！為什麼會這麼問？」

「畢竟就某方面來說，折尾屋也算是您的老家對吧？所以想說你沒有要回去探親嗎？您的兄長不是在那裡嗎？」

面對千秋先生直率的疑問，小老闆舉起手在面前搖了搖。

「不不不，怎麼可能……現在回去也只會讓大家為難嘛。對不對？曉。」

「為什麼會扯到我？」

什麼老家，我才沒有那種地方可回去。

我是在現世出生長大的，目前唯一的血親——妹妹也定居在現世……

「你好膽再說一遍，我的鼻子哪裡好笑啦！」

「？」

隔壁喝得爛醉的天狗大叔突然開始胡鬧起來，不知哪根筋不對勁，把熱好的日本酒朝我潑了過來。

「……」

搞什麼東西啊。本來還沉浸在感慨中的，現在氣氛全沒了。

再加上一看見趾高氣昂的天狗，就想起我的前上司，也就是目前正在敵對旅館當大掌櫃的葉鳥先生，還有以前在我們旅館櫃檯鬧事的那群天狗，讓我一肚子不爽。

本來打算挾怨報復，把這天狗大叔的翅膀拆了，不過小老闆與千秋先生安撫我：「好了好了，曉你冷靜點。」所以只好勉強息事寧人。

我開始自暴自棄，大喝特喝。

回過神來才發現自己猛對前輩們發牢騷，主要都是在抱怨葉鳥先生。

就這樣，夜也漸漸深了。

「唔！喝過頭了。小老闆的酒量實在太猛了……」

回到天神屋內的男子宿舍後，醉得無法思考的我便直接往宿舍裡的澡堂走去。

洗掉剛才被潑了一身的酒味，我拉開自己房間的紙門，直接倒在沒收好的床被上。我的房間位於宿舍樓上，由於大掌櫃可以自己住一間，所以沒有其他室友。

啊啊，冷冷的風吹起來真舒服。緣廊那一側的門窗沒關上，外頭能看見隱世微暗的夜空。

「咕咕～這裡是『夜鴞異界郵政』，請收件。」

「啊？」

一隻貓頭鷹從緣廊外滑翔進來，不知道把什麼東西扔往地上，隨後又靜靜地飛走了。

「這是啥……給我的信？」

一封印著楓葉圖案的信，還真久沒收到信了耶。

信上貼著大紅色郵票，是運送跨現世與隱世郵件所專用的。寄信人是……

「鈴蘭。」

瞬間醉意全醒了，是我的妹妹，鈴蘭寄來的一封信。

我站起身找出剪刀，拆開信封。

曉哥哥，好久不見。

你還是過著忙碌的生活嗎？

依哥哥的性格，想必一心只有工作。我很擔心你有沒有好好照顧自己的身體。

三餐有均勻攝取營養嗎？有沒有好好睡覺？

信件的開頭充滿擔憂。

別操心了，鈴蘭。哥哥我每天都吃著那可恨史郎的孫女所做的飯菜，活得好好的。

真不想承認，她的料理確實營養豐富又美味。

我知道曉哥哥雖然對人態度差，但其實內心非常溫柔善良，

現在是不是已經跟葵小姐變成朋友了呢？被我猜中了吧？

「要妳管！」

鈴蘭這傢伙。我是不知道算不算得上朋友，不過跟鈴蘭還在隱世時相比，我跟葵現在的關係的確算是變好了。任何事都瞞不了身上流著相同血液的妹妹啊。

我一邊在史郎先生的墳前守墓，一邊守護著現世居民的日常。

雖然有些妖怪企圖破壞史郎先生的墓，不過別忘了，我塊頭不是很大嗎？

大家看見我變回女郎蜘蛛的原形後，就落荒而逃了。

「這的確不意外啊。」

畢竟她的力氣大得都可以把我推下天神屋了⋯⋯

我很喜歡在天神屋當大掌櫃，努力工作的哥哥。

但請你別太勉強自己了。

有時候休息一下喘口氣也是很重要的喔。哥哥你就是不懂得放鬆。

還有也不懂得跟女孩子相處。

「少囉嗦，妳管我！」

每當天亮時，我總是會想起哥哥你。

還請你多保重身體了。

讀完了信，妹妹字裡行間充滿老媽般囉嗦的感覺，令我輕笑了一聲。

既然都有餘力提筆捎信過來，看來那傢伙在現世應該過得不錯吧。

同時還守護著她最愛的史郎。

「……」

視野邊緣忽地捕捉到一道紅色的亮光。我望向敞開的紙拉門，看著外頭黎明的天空。

啊啊，原來如此……

令人感到心曠神怡的破曉時分，她說天亮時會想起我，原來是指名字啊。

「今天呢……這樣好了，就來給鈴蘭寫封信，悠閒地過個假日吧。」

內容就聊聊在那傢伙離開隱世之後，這裡所發生的大小事吧。

然後讓疲勞的身體充分休息一下，再繼續努力幹活。

事情就發生在休館日結束後的那天早上。

今天即將於夕顏閃亮登場的新菜單，就是以極赤牛的牛腱肉所燉煮而成的紅酒牛肉。

我昨天就先把牛腱肉泡進紅酒內醃漬，也做好了多蜜醬（註6），完成一切前置作業。

由於手邊有之前自製的番茄醬跟蠔油，所以便拿來運用，成功煮出了多蜜醬。對了，銀次先生割愛給我的祕藏紅酒也是這次的一大功臣……

「剛收到極赤牛時，我就決定要做紅酒燉牛肉了。」

折尾屋大方地送了各部位的極赤牛肉過來，分量十分多。

由於不是能一次用完的量，所以其中大部分都拿去冷凍了。不過這牛腱肉我早就計劃好要用來做紅酒燉牛肉。

事不宜遲，我馬上取出泡在紅酒內的牛腱肉，放在平底鍋中煎烤。

等兩面確實煎熟之後，將先前用來醃肉的紅酒倒入鍋內，並加上月桂葉燉煮。啊啊，這股充

註6：多蜜醬（Demi-glace sauce），即法式牛肉燴醬，一般以牛骨與牛肉加上蔬菜熬煮而成。

滿果香的紅酒氣味，讓已經長住隱世的我非常懷念。

在燉煮紅酒牛肉的這段時間，我先把要加入的其他蔬菜配料切好。有洋蔥、紅蘿蔔，以及屬於秋天的滋味——鴻喜菇。

另外用一只鍋子將大量蔬菜炒過，再把剛才燉煮的牛肉連同醬汁與月桂葉一同倒進來，加水後繼續小火慢燉。慢慢燉，慢慢燉……可以的話想燉個一小時以上。

「還有……漢堡排，得來製作漢堡排的肉餡了。」

今天推出的新菜單不只有紅酒燉牛肉，還有另一道漢堡排。

一部分是因為想陸續消耗剩下的極赤牛，另一部分是因為難得做了多蜜醬，所以也想在夕顏供應西餐風格的漢堡排。

我馬上開始著手製作極赤牛絞肉的漢堡排肉餡。

這次不添加洋蔥丁，使用純肉餡加上幫助成形的黏料——麵包粉、牛奶——灑上胡椒與鹽之後攪拌均勻，再將肉餡塑形成偏小的圓餅狀。

嗯，使用高級品牌牛做出百分之百純肉餡的漢堡排，實在太奢侈了……

反正是免費入手的食材，應該能以便宜的價格提供給客人，真想盡量讓多一點妖怪嘗嘗這道經典的日式西餐呀。

「葵！不好啦不好啦！」

此時衝進夕顏店裡的，是阿涼。

這角色不是一直由春日擔任的嗎？怎麼是阿涼？

原本還以為她是肚子餓了，結果似乎不然。阿涼一臉慘白。

「聽說春日她……春日她要離開天神屋了！」

「咦？」

極度慌張的她帶來一個令人措手不及的消息。

起初我完全反應不過來是怎麼回事，只能連連眨眼。

現場只剩鍋裡咕嘟咕嘟的燉煮聲……

「這、這是怎麼回事？咦，春日要離開？意思是辭掉女服務員的工作，離開這間旅館？」

「沒錯！她要辭職了，現在正在跟大老闆談話！」

「怎……」

怎麼會？休館前一天晚上明明才一起舉辦了姊妹聚會，吃了鰤魚涮涮鍋，還開心地談天說地，吵吵鬧鬧了一晚不是嗎？

「春日、春日她……聽說要出嫁了。」

「出嫁？春日她……那個春日要嫁為人妻了？」

「一直以來她從未提起自己的出身背景，其實是個身世顯赫的千金大小姐啊。」

講到千金大小姐就讓我想起以前在折尾屋時遇見的淀子小姐，指的就是那種有錢人家裡的大小姐沒錯吧？

「春日、春日她……原來是宮中右大臣——大狸家康公的么女啊！」

「咦咦？」

呃……雖然先驚訝了一番，但其實我還意會不過來那位大臣有多偉大。

簡單來說，就是她有個在隱世中地位崇高的爸爸囉？

阿涼喊著：「啊啊真是的！好啦，妳跟我過來！」便打算拉著我往本館去。

「小、小愛！鍋子裡正在燉料理，幫我顧著！要是感覺快煮焦了就幫我攪一攪！」

「明白了，葵大人。」

小愛從墜子裡輕巧地現身而出，化為黑髮的鬼女小姑娘。

她穿上員工專用半身圍裙後，幫我照顧那重要的一鍋。

急忙抵達本館之後，發現館內員工們已經為此話題展開熱烈討論。

「真沒想到那姑娘會是右大臣的千金耶。」

「為什麼要來天神屋當服務員啊？」

四處傳來妖怪們交頭接耳的私語，全都對此事感到非常驚訝。

「這件事當然任誰聽了都會驚訝啊，右大臣可是不用把八葉放在眼裡的尊貴身分。毫不知情的我，以前還沒事就叫她去跑腿又狠狠訓她耶，之後會不會被清算啊……」

如此擔心的不只阿涼一個。

掌管櫃檯的曉現在也坐立不安地狂流冷汗，似乎跟阿涼想到一樣的事。

「啊，對了。」

我心想不如去問問跟春日是親戚關係的門房領班千秋先生，但他不在接待大廳。門房負責的工作是整理客人脫下的草鞋或木屐，並幫忙把客人行李送進房內等等，平時在旅館開門營業前就在大廳待命了。

我曾看過他叫負責打雜的小鬼們排排站好，進行點名的畫面……

「欸欸曉，千秋先生人呢？」

「喔喔……他跟春日一起在大老闆辦公室內。話說原來千秋先生也是右大臣的弟弟啊，早知道就該對他禮貌點了……」

曉對於已無法挽回的事實感到懊悔，正遙望著遠方。

確認之下我才知道，春日跟千秋先生原來是出身自西北大地的八葉──文門狸一族。擔任八葉職位的，是隱世第一學府「文門大學院」的院長，而千秋先生與春日分別是這號人物的兒子與孫女。

順帶一提，千秋先生的哥哥──也就是春日的父親，正是剛才阿涼與曉所提到的右大臣。

西北大地是學術之都，坐擁名門學院、大醫院、研究設施與大圖書館，出了許多才能出眾的學者、醫生與政府官員。這個地區的主力並非商業，而是在政治面上培養勢力，因此在八葉之中的立場也相當特殊。

既然如此，那千秋先生跟春日何必來天神屋工作？

而事到如今又為何要離開……

「我去大老闆那裡一趟！」

「等一下，葵！我也要！」

我跟阿涼慌慌張張地爬上櫃檯區的中央階梯。

「啊！喂！妳們兩個！別去妨礙大老闆……不，我也要去！」

結果曉也跟了上來。我們三個一同朝著位於最高樓層的大老闆專屬辦公室前進。

「啊……」

小老闆銀次先生正盤著雙臂站在辦公室外。

他看見我們之後，臉上的表情彷彿寫著「你們果然還是跑來啦」。

「各位，這樣不行的。待會兒就要上工囉。」

「可、可是，銀次先生……」

「我能明白各位的心情，但是……咦？啊！」

我們根本不顧銀次先生說什麼，將耳朵貼在紙拉門的縫隙上，試圖偷聽房裡的對話。

「春日，妳真的心意已決了嗎？」

「是的，我打算辭掉天神屋的工作，嫁給北方大地冰里城的城主。」

大老闆的態度似乎跟平常沒兩樣，然而春日卻像是完全變了個人，聲音聽起來成熟又穩重。

而且，原來要嫁人的事情是真的。

「千秋，你認同這件事嗎？」

「是的，大老闆。這樁婚事能保證我們西北大地會支持處於動盪不安的北方大地，我想這樣一來，也能多少平定那邊紛亂的局勢。」

「這樣啊……」

正當我想仔細把千秋先生與大老闆的對話聽個清楚時，阿涼突然像抓狂似地大喊：「冰里城？」

「阿、阿涼妳太大聲啦！」

「可是，她說到北方大地的冰里城城主耶！」

「阿涼妳安靜點！」

我跟曉企圖摀住阿涼的嘴，結果紙拉門突然打了開來。原本像串丸子一樣三顆頭疊成一列的我們，就這樣跌進辦公室。

「你們幾個……」

「呃，大老闆……」

他用那雙驚愕的紅色瞳眸俯視著我們三個，我們露出僵硬的笑容，試圖蒙混過去。

「小葵、阿涼小姐，還有大掌櫃。」

「哈哈……大家都跑來了啊……」

我們依舊用僵硬的表情，對春日跟千秋先生親切地一笑。

「欸，春日，妳說要嫁給冰里城城主，是當真的嗎？」

「阿涼小姐……嗯，事情就是這樣。」

「可是，那邊的城主不是年紀一大把了，還是個臥病在床的老糊塗嗎！妳打算嫁給那個沒剩多少日子的老傢伙嗎？」

阿涼意外地很清楚那邊的局勢，她老家好像就是北方大地來著？

也許正因如此，她才露出了五味雜陳的表情。

「不，阿涼，北方大地的八葉即將要換人了。」

「咦？」

「長年以來擔任北方大地八葉的冰里城大長老即將退位，接任的是大長老的么孫，也就是冰人族的少爺——清殿下，他就是春日即將成親的對象。」

「……」

不意外地，我並不認識那個少爺是何方神聖，但是就連對北方大地似乎瞭若指掌的阿涼也歪頭不解，還有曉也一臉呆愣。

只有靜靜站在我們身後的銀次先生，露出好像能理解的表情。

「欸，我……」

春日突然站起身走了過來，面對還倒在辦公室門口的我們。

抬頭仰望的我瞬間感到落寞，因為此時春日的神情非常成熟，彷彿不再是我所認識的那個開朗又天真的她。

難道春日她，其實心裡並不認同這場婚姻？

但是基於自己的立場，只能選擇接受？

「一看見這群人的臉，總覺得肚子餓了起來。大老闆，我可以先吃點東西嗎？我從昨天就沒吃過一口飯呢。」

「春日……」

想必這也代表著，這件事有多令她煩惱吧。

大家心裡也都明白這一點，只能無言以對。在這樣的氣氛之中，唯有大老闆直直凝視著我。

他所想的事，不用說出口我也馬上領會到了。

「春、春日！那不然妳過來夕顏吧，我做點什麼給妳吃。是說我正好在煮紅酒燉牛肉，妳一定要嘗嘗看！」

「紅酒燉牛肉？」

「嗯嗯！我再幫妳加一塊漢堡排下去煮。是一種褐色的燉煮料理，顏色就像春日妳變成狸貓時一樣，很好吃的喔！」

「……」

內心陷入混亂的我使用了非常詭異的比喻，聽起來似乎不怎麼開胃？

在場所有人都露出一臉「這傢伙在說些什麼」的表情。

可是我能打包票，紅酒燉牛肉絕對很好吃啦！

我拉著春日往夕顏的方向前進。

由於待會兒就是天神屋的營業時間，在場其他人便先各自前往工作崗位，由我來負責填飽她餓扁的肚子。

回到店裡之後，發現可靠的小愛正好好幫我顧著鍋子。

「謝謝妳，小愛。辛苦啦。」

「是，人家想吃點甜的。」

「那我賞妳一顆正在進行試做的甜饅頭做為獎勵吧，啊……這可是獨家機密喔，還沒拿給其他人嘗過呢。」

「耶！」

小愛拿著甜饅頭與自己準備的一杯牛奶，馬上坐在旁邊的椅子上進入休息時間。

好了，紅酒燉牛肉的主要材料已經燉煮了足夠的時間，接著把預煮過的馬鈴薯加進鍋內再加入多蜜醬調味，過程中不時攪拌鍋內。

此時的春日正坐在吧檯座位上，手托著臉頰發呆中。

「春日，妳再等一會兒喔，得再燉一下才能起鍋。趁等待空檔我先做一點開胃小菜給妳吧，妳有吃過酪梨嗎？」

「酪梨？在圖鑑上是有看過，但沒嘗過呢。」

「呵呵，酪梨在現世是很普遍的蔬菜，不過聽說隱世這裡則是由南方大地努力栽培中。一開始也許會被它的口感嚇到，不過吃慣之後很容易上癮喔。畢竟酪梨被稱為『田裡的奶油』。」

話雖如此，但奶油在隱世這裡也不算主流食材，也許春日聽完也不太好想像吧。

不過她看起來似乎有點感興趣，瞪著圓大的眼睛說：「是喔～～」

在燉煮紅酒牛肉的這段空檔，先兩三下搞定開胃菜。

要用到的材料是酪梨與柿子，做成口味醇厚又帶點甜味的涼拌料理。

首先把正值盛產季節的柿子剝好皮，果肉切成小塊狀。

酪梨則先以刀子橫切一圈，再以中心圓滾滾的籽為軸心，用手抓著兩邊一轉，就能分離成帶籽的一半與不帶籽的一半。

切酪梨的工作還頗有趣的，此時裡頭的果肉登場，帶著相當漂亮的淡綠色。

順利把外皮一口氣剝掉後，將果肉也切成小塊，再跟剛才切好的柿子一同以玻璃小皿盛裝，淋上特製的和風柑橘沙拉醬後拌勻。

好了，大功告成。我將沙拉與湯匙一起端到春日的面前。

「來，春日。這是用柿子跟酪梨做的涼拌菜，妳嘗嘗。」

「哇，好漂亮的綠色跟橙色。我很喜歡吃柿子耶，那我開動了。」

春日總算流露出自然的笑容，她手拿湯匙並張大嘴，首先興致勃勃地試吃酪梨。

「唔哇……真驚人，這是我從來沒體驗過的口感，真是個軟綿綿又神奇的食物耶。」

接著她一次舀起酪梨與柿子，同時大口品嘗。

「是因為調味的關係嗎？雖然柿子是甜的，這道菜吃起來卻不會像甜點。」

「沒錯。柿子的甜雖然與酪梨綿密濃醇的口感與風味很搭，但光這樣吃會太過甜膩。所以我用柑橘類果汁加上芝麻粉與醬油做成淋醬，能讓這道菜更具有和風口味。」

在春日享用開胃菜的同時，我拿出上午就完成的漢堡排肉餅，放進有點深度的平底鍋裡開始煎。等兩面確實煎熟之後，從燉煮中的紅酒牛肉鍋裡取二至三湯勺的醬汁，倒入漢堡排的鍋內小火燉煮約五分鐘。

同時我又另取一只小平底鍋來煎半熟的荷包蛋……

「春日，白飯跟麵包妳想吃哪種？雖然紅酒燉牛肉配哪個都很搭。」

「嗯……還是白飯好了。」

「知道囉，我吃日式西餐時也挺喜歡配白飯呢。」

我將煮得入味的漢堡排盛裝在請小愛預熱好的陶瓷淺盤上，上頭再淋上紅酒燉牛肉，並佐上燙過的綠花椰菜。

取一匙鮮奶油畫圓淋上，最後再把半熟荷包蛋擺在漢堡排上，便大功告成。

白飯也先裝進圓碗塑形後，再倒扣在盤上，完成單盤式的日式西餐。

我將料理端往春日的座位。

「來，咖啡廳風格的月見紅酒燉牛肉漢堡排上桌囉。」

「哇啊啊啊！聞起來好香喔。光是陣陣飄過來的香氣，讓我的肚子從剛才就開始叫不停耶。上頭還放了荷包蛋，今天正好是中秋呢，真的好像一顆滿月似的。」

「呵呵。在現世呀，每當入秋之後，就會推出許多加了荷包蛋，取名為『月見』開頭的期間限定料理呢。」

尤其是速食業，會出現月見漢堡之類的產品。

光是多了一顆半熟荷包蛋，就能讓任何料理看起來更加誘人，荷包蛋就是具有這種神祕的魔力呢。

「而且的確是跟狸貓一樣的褐色料理沒錯呢。」

「狸貓色的料理基本上都是保證美味的，這是不變的法則。我也來試試味道，順便吃頓午餐吧。」

我選擇將剩下的吐司邊烤得脆脆的當主食，配上沒有漢堡排的紅酒燉牛肉來享用。

嗯，光是這樣就能稱為大餐了，用湯匙稍微戳一下裡頭燉得軟嫩的牛肉，馬上就潰散開來，我將牛腱肉搭配醬汁一同放入口中。

唔唔！這牛肉、這牛肉！

軟爛的口感瞬間在口中化開，沒有一點腥味的牛肉裹上濃厚又溫熱的多蜜醬汁，真是無與倫比的奢侈美味！

「唔哇、唔哇啊啊……這是什麼呀，太好吃了吧，小葵。把半熟蛋黃戳破之後跟漢堡排與醬汁一起和著吃，實在太棒了。層次豐富的美味全都凝聚在這一口裡。」

春日嘗了一口之後便伸手摀著嘴，頻頻抖動那對狸貓耳朵。

接著她舀起大塊的紅蘿蔔與鴻喜菇，搭配醬汁一起大口享用。

「嗯……好鬆軟可口。」

運用隱世最先進的妖火圓盤與靈力鍋來燉煮料理，能讓蔬菜徹底熟透，並將其甘甜與鮮味鎖在裡頭，拿來燉紅酒牛肉是再適合不過的工具了。

「漢堡排這料理，之前小葵就偶爾會做給我吃了，不過紅酒燉牛肉是第一次嘗到呢，這似乎會成為我的最愛。原來紅酒燉牛肉是這麼濃醇的滋味啊。以前曾在書上看過，不過味道只能憑空想像呢。」

「春日，妳曾看過書裡介紹這道料理喔？」

「嗯，文門之地的圖書館藏書很豐富，也有許多介紹現世文化的書籍。那種記載了西洋料理的書呀，對於小時候的『我們』來說，是非常有趣的讀物呢，能展開漫無邊際的幻想。畢竟，我從小就是在書堆裡長大的。」

「……」

「我們」？

春日又再次用漢堡排塞滿雙頰，小口喝著紅酒燉牛肉的醬汁，享用白飯後，又再度小口小口喝著醬汁。各種不同的美味在口中合奏，令她扭著身子直喊：「啊～好好吃！」

看春日露出滿足的放鬆表情，讓我感到很開心。

我也在她身旁享用自己的午餐，並把紅酒燉牛肉配麵包的獨門吃法傳授給她：「拿麵包沾紅酒燉牛肉的醬汁吃也很不賴喔。」

麵包吸飽了鮮美的醬汁，化身為酥脆又多汁的誘人小惡魔。平常被當成雞肋的吐司邊，現在也成為令我們著迷的美食。

「呼……吃得我肚子好撐。」

就這樣，我們結束了一頓豪華午餐。

在開店前吃得這麼心滿意足，真的不會遭報應嗎？

不過能保證讓人吃飽之後打起精神的食物，肯定就是這種料理了。

「看妳似乎吃得很盡興，真是太好了。剛才聽見妳說肚子餓時，真的嚇我一跳耶。其實大家都嚇死了，真沒想到妳會在那種場合說出那種話呢。」

「啊哈哈！畢竟能有資格跟大老闆討論正事到一半喊肚子餓的，也只有小葵妳了吧。」

「妳在說什麼啦，我才沒有在他面前暗示過自己餓了想吃飯咧。」

呃不對，嗯，算我說謊。

「況且比起我，大老闆暗示想動手幫忙下廚的毛病才更嚴重多了。」

「咦？大老闆原來這麼喜歡搶著幫忙喔？平常只覺得他很穩重而已，果然他在妳面前就變得不一樣呢。」

「別看他那副樣子，其實行為模式超謎的。」

「大老闆他啊……身上的確充滿謎團呢。」

我覺得我們兩個對於大老闆的「謎」似乎有不同的解讀。

接著春日似乎回想起原本的煩惱，臉上的表情漸漸失去光彩。

「小葵我問妳喔，妳會嫁給大老闆嗎？」

她緩緩提出疑問。

往常的我會輕描淡寫地應付她，但此時春日的這個提問格外沉重。

我們倆的立場，原來有些相似。

「不會喔，以目前來說，畢竟我現在還有夕顏。」

我如此回答，卻感到一股無法言喻的奇怪感覺，讓我心中百感交集。

這股感受到底是什麼？

「可是小葵，妳現在已經不討厭大老闆了不是嗎？」

「是啦，現在如果問我討不討厭，答案會是否定的沒錯……」

「所以是喜歡囉？」

「唔……這、這個嘛……」

我的眼神開始游移，春日直盯著我，像是想看穿我的心思。

「這、這怎麼可能嘛，我對他的事根本一無所知啊。」

首先我否定了可能性。

不，我對他也不是全然不了解。與他相處過後，我知道他有與外表不符的淘氣個性、質樸的溫柔，知道他有輕巧的身段與時而令人費解的行動力……也知道他在重要時刻很值得依賴。

但是，我不知道的還有好多好多。

我覺得自己對於大老闆藏在心底那些最重要的事情幾乎毫無所知，明明什麼也不明白，所以我無法輕易說出喜歡兩個字。

因為，換作是我好了，被一個根本不懂自己的人說「我喜歡妳」，我也會覺得「你又了解我什麼了……」

「所以，我希望能再更了解他一點，但是他什麼也不肯多說。」

「哦……」

春日默默露出賊笑，然而我卻從剛才開始就冷汗直流。

這種坐立難安的感覺究竟是……

「呵呵，真羨慕小葵妳啊。大老闆沒有勉強妳，願意慢慢給妳時間，果然令人敬佩。」

「春日？」

春日仰頭望向店裡的天花板，眼神看起來很空虛。

「春日，妳……其實並不想嫁過去吧？」

我將手放上她的肩，認真地問。

雖然春日似乎已經做好出嫁的覺悟，但我想聽聽她真實的想法。

「跟北方大地的八葉結婚，這樣豈不是一場政治聯姻嗎？」

春日依舊面向天花板，僅將視線瞥向我。

從她褐色的瀏海縫隙中露出的雙眼，並不像一介女服務員會有的眼神。

在我面前的這個女孩，儼然已是西北八葉之孫、隱世右大臣之女——身上背負眾多頭銜與立場的一位狸妖少女。

「這是權宜之計啊，畢竟這樁婚事帶有許多層面的意義。文門狸的城府很深的喔，狸妖相當弱小，必須靠這裡來生存呀。」

春日指著自己的腦袋發出輕笑聲。

「『文門之地』的八葉院長老夫人，也就是我祖母，利用派駐各地的狸妖們來收集情報，為的就是讓文門之地在多變的局勢中能永遠處於優勢。比方說我的父親，在宮中不斷壯大勢力，最後總算坐上右大臣的位置。還有天神屋的千秋，他是我父親的弟弟，也就是我的叔叔。身為文門狸的他同時也是被派遣來此地的一名優秀情報員。大老闆應該明知道狸妖身上有不能說的祕密，卻還是接納了他呢。」

「……不、不能說的祕密嗎？」

「所以，這次換我被派去北方大地了。若要問原因，就是因為適合的人選只有我了。像這樣主動前往各地尋求庇護，從內部緩緩滲透，展現出影響力……這就是我們文門狸的生存方式。」

「……」

我聽得目瞪口呆，同時也感到害怕。

然而，就算理解了其中的理由與內情，我還是不明白。

春日真的能接受嗎？

「春日，妳認同這齣婚事嗎？妳就甘願順從這種生在八葉家的宿命，乖乖嫁去安排好的人家嗎？」

「小葵？」

「在我眼中看來，現在的春日好像正為了某些煩惱所苦。如果妳是在非自願的狀態下被迫成親，我……」

我無法接受。

然而春日卻用袖口遮住嘴，輕輕笑出聲。

「小葵，並不是所有女孩子都能像妳一樣起身對抗命運喔。」

「咦？」

春日的口氣雖然跟往常一樣，但卻像在故作成熟。

不管是她的視線、聲音還是一字一句。

「況且，小葵妳好像誤會了什麼耶，我其實並不抗拒這樁婚事喔，甚至還有一點期待。因為阿清不是外人。」

阿清──我記得那是北方大地新任八葉的名字。

「春日，妳認識妳的結婚對象嗎？」

「嗯，熟得很，畢竟我們是青梅竹馬啊。」

「青梅竹馬？」

「雖然最後一次見面還停留在我是隻小狸貓的時候就是了。偷偷告訴妳，他是我的初戀對象。」

「咦咦！」

春日伸出食指貼在雙唇中間說：「這是祕密喔。」

真是令人震驚的情報。我是記得她在上次的聚會說過，自己好歹有談過初戀沒錯啦……

「真驚人耶，春日，竟然要跟初戀對象結婚了。」

「呵呵……不過對方也許根本不想跟我送作堆就是了。」

春日用半開玩笑的語氣自嘲了一番，然而她的表情隨即蒙上一層陰影。

「我所煩惱、所難過的……並不是因為要出嫁了，而是離開天神屋這件事果然還是讓我覺得好不捨。」

剛才還沉著冷靜的聲音，現在微微帶著顫抖。

春日露出泫然欲泣的表情笑著，在那張臉上能窺見她錯綜複雜的情緒。正因如此，現在我才深刻地體會到。

——沒錯，春日並不抗拒這樁婚事，她必然會嫁給北方八葉。

所以……她也勢必會離開這間天神屋。

「謝謝妳，小葵，讓我吃了美味的一餐。妳的料理不僅能幫助回復體力，更滿足了妖怪的心靈。」

「春、春日……」

「小葵是個堅強的人呢，擺脫壓倒性不利的狀況，還能走到現在這一步——而且是憑著自己的力量。」

「……」

「而我呢……不知道耶，我真的擁有成為八葉之妻的能力嗎？」

最後，春日說她得再回大老闆那邊繼續商量剛才的事，便離開了夕顏。

如此堅強的態度很像她的作風。然而，無法全盤了解她內心複雜情感的我，唯一能替她做的事，也只有餵飽她而已了。

事情就發生在夕顏這一天的營業時段。

「怎麼啦？愁眉苦臉的，嘆氣聲連連。」

「是在感歎今晚店裡的生意門可羅雀嗎？」

「不是啦。不……當然有一部分也是這樣沒錯。」

熟客壽治郎大叔與燕阿姨是一對夫妻，就住在銀天街。我替他們準備了今天的主廚推薦——紅酒燉牛肉套餐。由於兩人是這邊的在地居民，所以不會來天神屋投宿，不過他們每週必定會來報到一次，就是為了泡個溫泉並且來夕顏吃頓飯。

「不過可真是嚇了一跳，沒想到北方八葉要換人了。銀天街上還在派發特刊報紙呢。聽說新任八葉是個年輕人，成為今天街頭巷尾討論的話題。」

壽治郎大叔緩緩拿出報紙，在眼前攤了開來。

「啊啊！借我看看！」

「哇！」

我將他正在閱讀的特刊報紙一把拿了過來，死盯著上頭刊登的彩色照片看。

照片上的主角是一位穿著雪白色和服的少年，手持冰的錫杖，全身散發空靈夢幻的氣質。

「這男孩……」

果然還很年輕。對方身為妖怪，也許實際年齡比我還大也說不定，不過光從外貌看來，頂多十五歲上下吧。畢竟連妖怪們都說他還年輕，應該真的是個要繼任八葉還嫌太早的少年。

他就是春日的初戀對象。

同時也是即將成為春日夫婿的男孩吧，真、真是個美少年啊……

「把八葉大位交給這麼年輕的孩子，真的沒問題嗎？聽說清大人體弱多病，大半的人生都在文門之地的大醫院裡度過耶。」

「這也沒辦法呀，冰人族已經沒有其他能繼承的後裔啦。」

冰人族是雪女、雪男與冰柱女等一族的統稱，看這個少年的膚色確實跟阿涼很相似，不過氣質卻似乎比阿涼來得成熟就是了……

據說冰人族的民族意識很強，因此要成為北方大地八葉，就必須擁有冰人族長老的血統，否則不會獲得民眾的支持。

「前任北方八葉雖然德高望重，但疏於培育繼承者，結果就這樣臥病在床了，也因此爆發了繼承問題這種笑話。聽說除了末孫清大人以外，其他血脈全都歸西啦。」

「你又胡亂聽信那些謠言！抱歉呀，小葵，我們家這口子說了些不平靜的話題。」

燕阿姨拍了拍喝醉的壽治郎大叔的屁股，正打算離開店內。

我目送這對熟客夫妻離開，結束了夕顏今晚的營業。

心裡卻仍不時在意著他們所留下的那份報紙。

叔叔、芒草原與賞月酒

今天得知春日要辭掉天神屋工作的消息。

正好夕顏還遇上客人寥寥可數的冷清日子。

上門的客人大多都點了紅酒燉牛肉與漢堡排，所以全都賣光了；不過為了秋季定食所準備的栗子糯米蒸飯則乏人問津……

「難得用蒸籠蒸出鬆軟又香甜的栗子糯米飯……」

多虧了蒸籠內附妖火圓盤，具有保溫效果，裡頭的糯米飯還是溫熱的。

丟掉也嫌浪費，該怎麼辦好呢？天神屋的大家今天會來吃飯嗎？

「春日她……會來嗎？今晚對她來說各方面應該都很煎熬，也許不會來這裡了吧？」

我又想起春日的事，心情更是低落到谷底。

今天的我已經不行了，光是想到她可能要離開這裡就感到無比的寂寞。這股情緒隨著時間經過，越是擾亂我的心。

回想我初來隱世時，在滿肚子壞水的眾多妖怪中，春日是少數願意正常看待我的妖怪。在那之後，她也理所當然似地沒事就跑來探望我，是我重要的朋友。

面對即將離去的她，我能做些什麼呢……

當我走出店外，正打算收起店門口的門簾時，浮現於夜空中的中秋圓月映入我的眼簾。

「哇……」

接近滿月狀態的明月，伴隨著秋風，令人感傷。

我走往婆娑的柳樹下，在幽靜的中庭裡放空。

「怎麼啦？葵小姐。」

就在這時，一位青年從對面的拱橋上出聲跟我攀談。他倚在橋上的扶手上，嘴裡叼著草。

對方有著一頭褐色髮絲、下垂的眼尾與纖瘦的身材，臉上浮現和藹的討喜笑容。

是門房領班，千秋先生。

「千秋先生……真難得看你出現在這裡耶。」

「的確呢。葵小姐，其實我有事相求。」

「有事相求？」

千秋先生有別於平常輕佻的態度，一臉正經地朝我走過來。

他是春日的叔叔，也許是要找我談談有關她的事吧……

「請問，這東西交給葵小姐來幫忙處理，能炒得好吃嗎？」

「咦？這是什麼……啊，銀杏！」

千秋先生頻頻點頭並把東西遞了過來。那是一只材質偏薄的束口袋，裡頭裝了滿滿的銀杏果實。

「現在呀，大老闆與白夜先生正在後山，與難得從地底工廠出來的砂樂博士邊賞月邊喝酒。這次我們文門狸的事情給天神屋添了麻煩，所以我在中庭撿了些銀杏，想說炒一炒帶過去。不過我不太會弄……」

「喔喔，原來是這樣。好呀，反正夕顏也要打烊了，進來店裡吧……是說大老闆他們正在賞月喔？因為今天是中秋？」

「賞月酒是妖怪的一種興趣喔。再說那三位是天神屋中資歷深厚的老前輩，我想他們應該需要針對這次的事件談談吧。」

「這樣啊……」

如果只是一般員工的喜事，我想應該不至於如此鄭重。

北方大地的八葉輪替以及春日的這樁婚事，對整個隱世來說，果然都是意義非同小可的大事吧。畢竟之前大老闆在妖都公開說要娶我時，也引起了很大的騷動。

進入夕顏之後，我請千秋先生隨便找位置坐。坐上了吧檯座位的他托著臉頰，這動作看起來跟白天的春日有點像。

不過兩人的外型倒稱不上相似就是了。春日比較豐滿，千秋先生則是很纖瘦。

「啊，千秋先生你會餓嗎？」

「我？我是沒關係，結束後再吃吧。」
「你總是很晚吃晚餐呢。」
「的確呢。門房這工作有很多瑣碎的事務要處理，還得照顧那群小鬼呀。得先哄完他們入睡，才能去覓食……呃，啊！難不成您要為我下廚嗎？」
他的反應就像此刻才發現這裡是間小食堂。
明明還特地拿了銀杏過來要我炒，也許千秋先生是那種愛照顧人卻不會照顧自己的類型嗎？
「呵呵，今天剩了一堆栗子糯米蒸飯，既然你還沒吃晚餐的話，要不要吃一頓再離開？」
「栗、栗子糯米蒸飯……」
千秋先生不知為何嚇得整個人往後仰，這麼誇張的反應令我感到一陣不安。
「難不成，你不太喜歡栗子嗎？」
「不！不不不！狸貓最愛吃的就是栗子跟柿子了！」
「真的嗎？太好了！不過還真是第一次知道，原來狸貓有這麼喜歡栗子。」
「嗯嗯，文門的大圖書館那邊有棵好大的栗子樹，每到秋天大家都會一起去撿栗子呢。」
「是喔。」
圖書館外有栗子樹，聽起來真不錯耶。
「配菜想要吃什麼呢？剛好店裡有當季的秋刀魚，拿來鹽烤怎麼樣？味噌湯也用滑菇跟紅味噌來煮，最適合搭配栗子糯米飯了。」

「這豈不是充滿秋日風情的大餐嗎？」

千秋先生空空的肚子似乎在聽到菜色後被喚醒，發出了咕嚕咕嚕的叫聲。

他一邊摸著後腦勺，一邊露出親和又害臊的表情。

「讓您見笑了，其實我從中午就沒吃什麼東西，所以……」

「這樣啊？那你應該在春日喊肚子餓時，一起來這裡吃一頓的啊。」

「不，因為我還有些重要的事得跟大老闆商量……再說，當時的春日需要一段喘息的時間，以及葵小姐這種好朋友的陪伴，畢竟她從昨天起就被各方大人物包圍。」

「……」

千秋先生在苦笑之中悄悄嘆了一口氣，而我都看在眼裡。同時我將炭火烤爐生好火，著手準備鹽烤秋刀魚。

在這段空檔，千秋先生似乎莫名地坐不住，下一刻便緩緩站起身拿起掃帚，開始打掃起店內環境。

「千秋先生你在幹嘛？」

「沒有啦，我要是不活動活動身體，總覺得坐立難安呢。而且夕顏看起來收店收到一半而已，我可以幫忙打掃嗎？」

「這我當然是感激不盡啦……」

身為幹部卻有著基層員工的靈魂，令我感到惶恐。

「啊，我聽見惹狸貓先生滴聲音。」

原本待在後面房間睡覺的小不點，不知為何在此時聽見千秋先生的聲音就跑了出來。他腋下夾著一顆白天撿回來的橡果，發出嘿咻嘿咻的聲音爬上千秋先生所坐的位置。

「咦，是小不點啊。你剛起床呀？滿嘴都是口水喔。」

千秋先生說罷，便從懷裡掏出手巾幫小不點擦了擦嘴。

看來他不但有著基層員工的靈魂，還很習慣當保母了呢……

「我是還沒長大滴河童小寶寶，河童小寶寶是世界上最可愛滴生物惹。」

似乎是因為保母出現的關係，小不點莫名裝成小嬰兒，不停做作地吸吮著自己的大拇指給對方看。接著他又口水直流，讓千秋先生幫忙擦拭。

「話說千秋先生，原來你認識小不點喔？」

「何止認識，我們白天還一起撿了銀杏呢。」

「沒錯，正當我差點被庭園小池塘裡滴鱉先生吃掉時，狸貓先生出手相救，所以我要來河童報恩。」

小不點說了句「這是禮物」，並把夾在腋下的橡果遞給千秋先生。

千秋先生應該根本不需要這東西，卻還是微笑著回答：「謝謝你，小不點。」並戳了戳他的臉頰。這個小不點……沒想到意外受到天神屋裡男性員工的寵愛耶。

好了，接下來要來烤秋天的秋刀魚。

若要舉出最具代表性的秋日美味，應該沒有東西能勝過秋刀魚吧。

秋刀魚——細長又飽滿的肥美魚身，閃著動人光澤。這是向東方大地港口那邊訂購的新鮮漁獲。

先將兩面灑上鹽巴，如此便能去除魚腥，並且讓肉質更加緊實有彈性。

接著利用水流稍微沖洗掉鹽分，再次均勻灑上鹽，並且將魚身劃上刀花。接著只要放上炭爐後小火慢烤，烤至焦香就行了。

「千秋先生是春日的叔叔沒錯吧？」

「嗯嗯。春日跟住在妖都的父母過著分隔兩地的日子，從小就幾乎由我一手照顧。」

「咦，所以可以說是身兼父職囉？」

「啊哈哈，說是父親就太言重啦。感覺上算是年齡差距比較多的哥哥吧。春日是么女，跟上頭的哥哥姊姊相較起來也比較討厭念書……成天惡作劇，是個令人傷腦筋的孩子呢。」

回憶起往事的千秋先生輕笑出聲，啜飲了一口我端上的煎茶。

他所散發的氛圍跟我先前對他的那種輕佻印象不太一樣，感覺有著高雅的氣質。

「啊啊……能聞到烤秋刀魚散發出的香氣呢。」

「呵呵，魚皮跟油脂開始微焦時的這股氣味真的很誘人啊。」

在美妙的秋刀魚炭烤香氣中，我將熱騰騰的栗子糯米蒸飯盛進碗裡，並且一起準備了滑菇紅味噌湯，再佐上一小碗的醋味噌拌香蔥花枝當小菜。

把所有料理擺上高腳餐盤之後，秋刀魚也烤好了，我磨了一些白蘿蔔泥擺在長方盤的一端。

啊啊，鹽烤秋刀魚已烤得油脂四溢，外皮焦脆，色香味俱全。

集合所有當季美味的家常風格秋日套餐，到此大功告成。

「來！這是夕顏的秋日饗宴套餐，秋天的美食跟空腹最對味了喔。啊！臭橙、臭橙。附上半顆臭橙給你，豪邁地擠下去，享受柑橘香氣吧。」

我將臭橙對半切開，放在烤秋刀魚一旁。

「啊哈哈，這看起來美味得令人不禁笑開懷耶。」

千秋先生彬彬有禮地雙手合十說：「我開動了。」第一口先品嘗的果然還是栗子糯米蒸飯。

蒸飯裡放了滿滿的完整栗子，呈現美麗的金黃色。

用糯米製作的蒸飯包覆著煮得微甜的栗子，營造出溫柔又懷念的暖心滋味，並且帶有Q彈的口感。

「一整顆栗子果然很美味呢。一般的栗子炊飯雖然也不錯，不過使用糯米又更加分了。」

「也嘗嘗看秋刀魚，這又是另外一種層次的美味了。」

在我的推薦下，千秋先生拿起臭橙擠在秋刀魚上，拿起筷子優雅地將魚身連同焦脆的外皮一起剝開，夾起緊實又有彈性的魚肉直接送往口中，瞇著眼細細咀嚼。

「唔，就是這個！帶焦的香脆魚皮與鹹度恰到好處又富含油脂的秋刀魚——這就是秋天的味道呢。再加上臭橙的清爽香氣與白蘿蔔泥，沒有比這更完美的組合了。邊吃再邊喝一口這個紅味噌湯，更有加分的效果呢。」

接著千秋先生享用了秋刀魚加栗子糯米蒸飯，那雙不時瞇起的眼睛彷彿吃得很過癮，看起來討喜又可愛。

我還挺喜歡狸妖這種特有的溫和氛圍呢，就跟春日一樣。

「春日也常說，多虧葵小姐做的美味飯菜，讓她每天得到勤奮工作的活力。」

「春日這麼說？」

「嗯嗯，沒錯。因為她很熱愛天神屋這份工作，其實最初明明很嫌棄來這裡上班的。」

「是喔？不過的確很不可思議耶。春日不是身分地位頗高的千金小姐嗎？為什麼要在天神屋當服務員？」

「這個嘛……」

千秋先生微微垂下視線，接著問我：「請問您對春日的婚約對象有多少了解？」

我拿出熟客壽治郎大叔剛留在店裡的報紙，擺在千秋先生面前。

「我聽說這張照片上的男孩就是北方大地的下一任八葉，也就是春日的未婚夫對吧？」

「嗯嗯，是的。他就是清大人……都已經長這麼大了呢。」

千秋先生看著報紙上的青年，皺眉露出安心的微笑。

「你認識他嗎？」

「那當然。這孩子也是從小就住在文門之地，因為體弱多病的關係，在我家的大醫院內進行療養……」

千秋先生又吃了幾口飯菜，然後繼續說：「就讓我說說以前的往事吧。」

「北方大地的新任八葉——清大人，他跟春日是一起在文門之地長大的兒時玩伴。由於春日不喜歡念書，每次一溜出學校就跑去醫院或圖書館躲起來，讓大人們相當頭大。」

「現在的春日非常可靠又能幹，有點難以想像耶。不過小孩子也許本來就調皮吧。」

「以小孩子來說，她的惡作劇可是充滿壞點子呢，我那時總是為了她焦頭爛額。」

「呵呵呵。」

光是想像千秋先生追著年紀還小的春日跑的畫面，就讓人忍不住微笑。

「春日就是在躲進病房時遇見清大人。年紀相仿的他們兩個很快便成為朋友，清大人是個書蟲，春日受他影響也開始閱讀，一步一步努力重拾學業……而清大人對於現世特別感興趣，所以兩人在一起時最喜歡討論現世文化或歷史書籍的內容，展開漫天的想像。」

千秋先生的表情漸漸轉變了。光從他的回憶聽起來，是一段令人覺得溫馨可愛的孩提時光，但事情似乎並非僅止於此。

「春日似乎一直對清大人抱有淡淡的情愫，但清大人因為有病在身，似乎認為自己活不了多久。就在某一天，他們倆一起逃出病房，擅自跑去了現世。」

「咦！這樣可以喔？」

「要去現世，就需要八葉發行的通行證。春日動了她古靈精怪的壞腦筋，偷偷從她的祖母

——也就是院長那邊偷走通行證。真的是個不得了的壞小孩呢。但想必春日是希望無論如何都要帶清大人去一趟現世吧……」

聽千秋先生說，在那之後春日跟清大人兩人在現世遊蕩，大約在三天後被展開搜索的文門狸們尋獲，最後被帶了回來。

清大人原本就體弱多病，回來之後病情更是明顯加重了。

聽說春日被狠狠訓斥了一頓，並且被禁止與清大人會面。

在那之後，春日便被派來天神屋工作以做為懲罰。

一部分也是因為千秋先生當時已在這裡工作，所以八葉院長老夫人命令春日來體會一下外頭世界的艱苦。

而春日本來就好動又靈活，工作也得心應手。

所以大家都會把各種工作託付給她，或是要她跑腿……

但沒有一個人知道，背後其實有著這樣的內情。

也難怪大家在得知她的千金小姐身分之後全都相當吃驚，聽說就連幹部之中也只有少數人聽春日說過自己的身世。

「不過在天神屋工作之後，我發現春日漸漸有些轉變了。她開始會對自己的行動負責，而且出外幹活賺錢，就算遭受外人責罵也得咬牙做下去——這些對她來說，都是至今未曾有過的體驗吧。而遇見阿涼小姐這件事，對她更有著非同小可的意義。畢竟當時還沒當上女二掌櫃的阿涼小姐，認真地栽培什麼都不會的她。」

「原來喔，所以春日才會到現在依然用尊稱來喊阿涼囉。」

「也許吧。要忍受阿涼小姐那種旁若無人的性格，就算是春日那種孩子也只能被逼著長大囉。」

「的……的確是。」

究竟是阿涼一手拉拔春日長大，還是春日將阿涼當成負面教材而有所成長呢……

我回憶起剛來到隱世那時的事。被摘除女二掌櫃職務的阿涼發高燒那次，就是春日把她帶來夕顏這裡的。

雖然當時的我沒多想什麼，不過現在想想，在阿涼被降職後，也只剩春日依舊不離不棄呢。

「因為兒時的那次事件，所以春日來到這裡。在那之後，她就再也沒見過清大人了。不過現在……也許這就是所謂的命運吧。那位清大人將成為北方八葉，而春日將成為他的妻子。這兩人一度被強行拆散，現在又硬被送作堆，大人真是任性妄為的生物啊。雖然他們是青梅竹馬，但現在對彼此應該懷抱著複雜的情感吧。」

「……」

我現在總算稍微能明白，春日先前的表情與話語代表什麼意義了。

跟初戀對象結婚固然值得恭喜，但事情並非只有表面看起來這麼簡單。

我很替春日擔心，因為她是我的好朋友。

剛來到這裡的我，作夢也沒想到自己有一天會衷心希望天神屋的誰得到幸福，或是為誰的離去感到寂寞。

「春日辭職的事，果然已成定局了吧。」

「的確呢。成親的事應該會按照預定進行吧。畢竟這是安定北方大地局勢的唯一方法，春日似乎也已清楚明白自己的立場。不過真正辛苦的是成親以後吧。葵小姐剛嫁來這裡時也吃了不少苦對吧？」

千秋先生湊近看著我問。的確，在我剛嫁進來……

「呃！我還沒嫁給大老闆好嗎！」

「啊哈哈！果然正如春日所說，這是您招牌的吐嘈呢。」

「這、這有什麼好笑的！」

千秋先生拍著手露出溫暖明亮的笑容。

那張笑臉流露出對某人的關心與疼愛。

「葵小姐，春日擁有像您這樣的朋友，真的獲得許多救贖。假如那孩子未來……未來有需要尋求協助時，還請您務必對她伸出援手。」

「……」

「葵小姐您未來也會站在與春日相似的立場上吧。成為八葉之妻……就算不用拋頭露面，在幕後也是責任相當重大的一個身分，畢竟是隱世大妖怪的妻子。」

千秋先生懇求的表情實在過於認真，讓我無法像往常一樣吐嘈「我目前又不是大老闆的妻子」。

別說妻子了，我甚至……

「啊，葵小姐您哭惹嗎？」

剛才正在把橡果滾著玩的小不點突然停下動作，伸出長著蹼的手指向我。

「才、才沒有啦，是炭灰飛進眼睛裡了！」

「咦？葵小姐……非常抱歉，都是我亂講一些……」

「不、不是……」

淚水莫名其妙地奪眶而出。

本來以為眼睛的刺痛感是炭爐內飄出的灰燼所造成，然而一股難以言喻的慚愧卻在此刻湧上心頭。

我現在才體認到——春日都已經下定決心了，反觀自己卻毫無自覺，在隱世為所欲為。

我能像春日一樣，笑著離開這間天神屋嗎？

在她成為北方大地的八葉之妻時，我會身在何處呢……

「呃，那個，葵小姐請別哭了。」

「葵小姐，您哭起來醜醜喔。」

「欸！我不是說了我沒有哭嗎！」

千秋先生開始安慰起我，而小不點在安慰之餘還多嘴了一句。

他們大概是看我沒來由地哭哭啼啼，感到相當不知所措吧。

尤其是千秋先生，以為是自己說錯了話而相當著急。

他配合我的視線高度蹲下來對我說：「不好意思，您還好嗎？真的很抱歉。」並拿出手巾遞過來。

我一邊揉著眼睛一邊暗暗想著，他真是個體貼又平易近人的優秀青年。的確如阿涼所說，是個受歡迎的搶手貨吧。可是這手巾是剛才擦過小不點口水的那一條……

「葵小姐，今天工作辛……」

剛好踏進店內的銀次先生，目睹了此刻的畫面。

「……」

銀次先生掛著笑容不發一語，快步朝千秋先生走了過來。

「噢，千秋，你怎麼會在這裡？話說你為何惹哭了葵小姐呢？」

他揪住千秋先生的領口，眼神蒙上一層陰影，威嚇著千秋先生。

千秋先生臉色發白地驚呼：「個性溫厚的小老闆發火了！」瞬間變成一隻可愛的褐色狸貓。

一受驚或是害怕就變回狸貓這點，果然跟春日很像呢。

多虧了他，我的淚水也縮回來了。

「銀次先生，我沒事的，只是炭灰跑進眼睛裡罷了，千秋先生是在關心我。」

「原……原來是這麼一回事嗎？不好意思，我真是的。有點誤會了狀況……」

銀次先生莫名染紅了雙頰並垂下雙耳，不知道他究竟把狀況往什麼方向誤會了。

「啊！對了，銀杏！」

「啊！」

我跟千秋先生總算想起了主角，以及一開始的目的。

我也真是的，一心只想著要替千秋先生做頓飯，結果正事忘得一乾二淨。

「喔喔，難不成是要拿去後山給大老闆他們幾位嗎？正好我也要過去一趟。剛才大老闆派鬼火過來傳令，要我準備酒和大條的手巾帶過去。」

「酒和手巾？」

「機會難得，不如把炭爐也帶上，大家一起去後山吧。當場現烤銀杏招待大家，這樣更具情趣。搭配月下小酌，想必很對味。」

「哇，聽起來很棒耶！」

銀次先生的提案令我興致勃勃。剛才明明還哭哭啼啼的，一遇到料理相關的事總是這樣。

位於天神屋後方的後山上設有各種豐富的休閒活動設施，其中包含煮溫泉蛋的設備、露天溫泉、足浴池，還有夏季最受歡迎的戶外烹調區等。

大老闆似乎正在後山跟天神屋創立初期的老幹部——白夜先生與砂樂博士討論事情。然而……

「咦？跟平常的路徑不同耶。」

以往都是穿越整頓好的竹林步道，一路往山上去。

本來以為會經過冒出一大群管子貓的那片竹林，這次卻在竹林前轉進狹窄道路。我們走過沒有鋪裝步道的森林小徑，沿路上立著老舊的地藏石像與燈籠。

「這次不會經過竹林。目的地也不算是天神屋館內設施，應該說是從以前就被稱為『幹部們的祕密基地』的地方。」

「咦，祕密基地！」

「雖然這麼說，不過其實也沒有特別管制出入就是了。那裡的氣氛就像孩子們的祕密基地，所以才這麼稱呼。」

這樣也具有另一種期待感，應該說好像勾起了我的童心？

「現在這季節的氣氛很不錯喔，對吧？銀次先生。」

「嗯嗯……我想葵小姐也會很中意的，該怎麼形容呢……是一片光芒耀眼的地方。」

「光芒耀眼？」

正如千秋先生與銀次先生所說。穿越了地藏小徑之後，眼前出現的是……

「哇啊啊啊啊！好驚人！是芒草原！」

眼前是寬廣無垠的芒草原，淡淡的白金色芒草穗隨風搖擺著。在月色皎潔的無雲夜空之下被寂靜所支配，形成充滿神祕氣息的光景。

雖然旅館中庭可看見零星的芒草，但這種放眼望去無邊無際的芒草原，我還是在這個秋天第一次見識到。

隱世這裡的芒草穗特別毛茸茸的，看起來的確就像包覆了淡淡的光芒。

稍微一點風吹草動，光粒便往空中飛舞，就像被中秋的明月吸引了過去……眼前的這片情景令我目不轉睛。

「隱世的孩子們會在芒草原中蓋自己的祕密基地來玩耍呢，我在故鄉也常這麼做。」

「我想大老闆他們應該就在芒草原另一端的老神社裡頭喔。那裡有自然湧出的溫泉，泉水內的靈力純度相當高，還有以前所使用的地獄蒸氣設備……」

我跟著走在前方帶路的銀次先生前進，聽見了一陣不知從哪傳來的笑聲。

聲音的主人聽起來像是名為千年鼴的妖怪——砂樂博士。

我們穿過了柔軟的芒草原，抵達一片熱氣蒸騰的……溫泉？

「……」

我看見三位大幹部正一絲不掛地泡在這天然溫泉裡。

這幅出乎意料的畫面突然映入眼簾，讓我一時說不出話來。

「哎呀，明月配上溫泉與美酒，果然是最棒不過的了！不枉費我難得上來地表一次啊。中秋夜萬歲！」

泡在溫泉裡的砂樂博士說著，並將酒瓶擱在岩石突起處，高舉起酒杯。

「真是的，別喝過頭了，砂樂。泡溫泉時喝酒對身體不好。你這妖怪明明平常老是窩在地底，一出門就胡來。」

白夜先生一臉不以為然地對砂樂博士叮囑，自己也完全進入享受泡湯樂趣的模式，頭上還擺著一條手巾。

「好了好了，白夜。難得像這樣坦誠相見嘛。讓我們把酒暢談，把重要的事情先解決了吧。來，敬今晚的中秋明月……呃，哇啊啊！葵！」

大老闆也已經完全喝開了。但就在此時，他總算發現了呆站在芒草原出口的我，驚慌失措地揮舞著雙手，溫泉裡頓時水花四濺。

而砂樂博士也跟著用粗大的嗓門發出「呃啊啊啊啊啊」的尖叫聲，白夜先生雖然冷靜地說：「偷窺是不知羞恥的行為。」語氣中卻聽得出怒氣。

「不不不，想吐嘈的是我才對吧！為什麼穿越了後山一片美麗動人的芒草原之後，卻逼我看一群大男人的入浴畫面啊。」

「啊，葵……難不成妳也想跟我泡鴛鴦浴嗎？」

「為什麼話題會扯到這啊，你說啊，大老闆。」

我忙著集中火力吐嘈大老闆的裝傻行為，接著連連嘆氣。

「呃，那個，這裡有乾淨的手巾，請用！」

銀次先生趁此時催促溫泉裡的三人上岸穿好衣服。

「我回芒草原裡等你們。」

我並沒有特別像個少女似地感到害羞或是難為情，直接往反方向走去待命。

「真、真抱歉呀，讓您看見這麼傷眼的畫面，葵小姐。」

千秋先生苦笑著過來打圓場。

敢直稱上司的裸體「傷眼」，他也真是令我滿佩服的。

「不會啦。以前也常幫爺爺刷背，看習慣了。」

「咦？」

「咦，為什麼一臉傻眼的表情？……嗯？」

就在千秋先生僵硬的表情後頭，我發現一座類似涼亭的建築悄悄佇立著。

「那是什麼啊？」

我好奇地走上前去。那裡有著一整排類似飯鍋的容器，上頭圓形的木蓋子裡正散發出騰騰熱氣，好像正在蒸些什麼東西……

「喔喔，那是地獄釜鍋，不過這些已經幾乎沒在使用了。」

「地、地獄釜鍋是？」

「利用溫泉的熱蒸氣來蒸食材的設備。由於水蒸氣中含有溫泉成分，不但快熟，蒸出來的料理可美味的呢。另外偷偷告訴您，天神屋這裡的地下湧泉的蒸氣特別不一樣，聽說食物蒸完之後比較不容易腐壞。」

「哇……這還真讓人感興趣耶。」

不一會兒之後我聽見銀次先生呼喊著：「葵小姐，已經可以囉！」於是我便再次回到大家的面前。

我斜眼走過剛才三人所泡的天然溫泉，登上前方不遠處的小神社。

「葵呀，妳來啦。」

然後看見了一臉若無其事的大老闆，正以平常充滿威嚴的姿態坐著。在場還有抱著酒瓶露出詭異笑容的砂樂博士，臉上的黑色圓框墨鏡正發出一道亮光。另外還有以摺扇掩口，態度嚴肅的白夜先生。

然而這三位大幹部身上都還冒著剛出浴的暖呼呼熱氣，又令我想吐嘈了。

「你們在這裡幹什麼？就為了結伴來泡湯？」

「呃，不是的。重點是為了春日的事情來討論，不過回過神來才發現變成泡溫泉……一切都起因於砂樂仗著醉意把白夜推下溫泉，有很複雜的內情的。」

「把白夜先生推下溫泉，這究竟是……」

光聽到這裡我就直發抖了，不過大老闆在聽見白夜先生假咳嗽的聲音後便轉換了話題。

「春日將會在本月底辭去天神屋的工作，這是她本人所做出的決定。以天神屋的立場來說，也只能在背後默默支持她，讓這樁婚事圓滿落幕。」

「……」

「……別這麼落寞了，葵。」

大老闆皺起眉對我露出微笑，似乎讀懂我表情之中的變化。

我老實地輕輕點了頭。

「不過這樣一來，八葉之中唯一的隱憂也就消失了。一切應該會如黃金童子大人所預測，鼓吹廢除八葉並改行中央集權的左大臣派閥，大概會稍微安分一點了。對吧？白夜。」

「哼。就如同右大臣背後有黃金童子大人當靠山，左大臣也有雷獸撐腰。那傢伙如果不樂見這樣的事態，難保不會積極採取行動。」

雷獸是吧？大老闆與白夜先生討論著隱世的政治情勢，也許將伴隨春日這樁婚事而有所動盪的可能性。我對於這些事其實一知半解，不過……

雷獸將會有所行動——這句話讓我感到強烈不安。

我在神社的出入口替炭爐生火，一邊烤著銀杏與其他秋季食材，一邊回想起過去遭受雷獸毒手的事情，心情變得悶悶不樂。

「葵小姐您還好嗎？煙霧太薰人了嗎？」

「嗯？沒有啦……沒事的，銀杏看起來很好吃呢。」

銀次先生努力地幫忙用圓扇把煙搧往遠方。

銀杏的外殼開始破裂，發出啪滋啪滋的聲音。

啊啊，從縫隙中隱約可見銀杏果仁漂亮的綠色。銀杏這東西撿拾時雖然需要忍受臭味，不過變成食物時為什麼看起來這麼誘人呢？這種反差正是其魅力所在。

銀杏就像原石，經過打磨以後就能成為秋天的寶石——這樣的形容絕非誇大呢。啊啊，真想吃啊……

「春日她……相當機靈又手腳俐落，是個有本領的員工，有時候一句話便能直指核心，身為服務員是個不可多得的人才。現在我就像看著自己的孫女要出嫁了，心情挺寂寞的。」

大老闆說道，言談中簡直把自己當成春日的爺爺。

而此時千秋先生則在大老闆身後待命。好比是春日第二個父親的他也因為大老闆這番話而一陣感動，幾乎快哭了出來。

大老闆見狀則輕輕拍了拍他的膝蓋，真是奇妙的安慰法。

「春日小姐她呀，經常被派來地底跑腿，每次都會把賣剩的甜饅頭整盒帶走呢。」

啊啊，春日平常沒事會帶著沒賣完的天神屋甜饅頭過來，原來是從砂樂博士那邊拿的啊。

「不過春日的立場今後也有所轉變。身為老東家的我們必須成為後盾，讓她帶著滿滿的嫁妝離開。天神屋出了一位八葉之妻，這並不是一樁壞事。」

白夜先生甩開了摺扇朝嘴邊搧著風，莫名發出了輕笑。

「滿滿的嫁妝」指的究竟是……

「啊，對了！嬌妻大人！說到這個，土產啊！土產！之前拜託妳構思的天神屋溫泉饅頭，差不多能完成了嗎？」

「咦？」

砂樂博士在剛才的對話中想起土產的事情，突然向我拋出問題。

在場所有人的焦點都移往我身上。

「呃，這個嘛……現在正在試做中啦，砂樂博士。我是希望能在秋日祭開始前完成啦。」

「開發費用要是太高的話我可不同意喔，葵。」

「哎呀，白夜先生，我的料理基本上都是低成本啦。只不過感覺還差了那麼一點……要以一般的甜饅頭做為新商品，需要有足夠的震撼力。話雖如此，但要是太過新穎，也許很快就會退流行。我希望能趕在秋日祭前搞定。」

在談論到土產的同時，我突然想起了一件事。

對了，天神屋新土產的研發案……不如也找春日商量看看吧？

春日吃遍天神屋各種饅頭點心，對於現在需要怎樣的新產品，感覺能提供許多值得參考的意見。最重要的是，我希望在她離開旅館之前，讓她嘗嘗新作品。

好了，我立刻將帶殼一起烤好的銀杏裝進小碗，拿給大老闆。他「噢」了一聲，捻起其中一顆果實，剝開焦黃的外殼，享用綠色的果仁。

「嗯，這銀杏真好吃耶。」

「這是用炭爐直接帶殼烤好的。連殼一起火烤可以保留香氣，鬆軟的果仁同時帶著銀杏獨特的微苦，很好吃呢。上頭灑了粗鹽很對味吧？」

若要稱為料理，做法也太過簡單，不過我認為品嘗秋天當季食材的重點就在於享受原味。特別是銀杏，只要灑點鹽就是一道絕品。

「各位，這裡有烤松茸和魮魚乾喔，請務必配酒一起享用。」

銀次先生把用炭火烤好的食材裝進大盤裡，放在面對面坐著的幹部群中間。秋天的極品齊聚於一盤，讓人光看就開始分泌口水。

「你也請坐吧，小老闆。」

被白夜先生邀請一起小酌的銀次先生，臉上滿是雀躍之情，彷彿早就在等對方開口。他也加入酒聚的小圈圈裡，好像一心只想開始喝酒。

「葵也別忙了。夕顏打烊後還麻煩妳工作，真抱歉啊。」

「嗯？」

「手上也全是乾裂的傷口。明明就是個正值青春年華的姑娘，卻有著一雙勤奮工作的手呢。」

大老闆用言語表達關心，並將身子轉向我這邊，自然地握住我的手。

剛才還像往常一樣進行對話的我，此時回想起了……

自從那次果園約會以來，好久沒有好好跟他面對面了，總覺得有點不知所措。我很明顯地撇開臉，並縮回被他觸碰的手。

「這、這當然，畢竟我要經營食堂啊。加上最近有點冷，手本來就會很乾。不過今天店裡沒什麼客人上門……所以我還覺得筋骨沒活動夠呢。」

「啊哈哈，葵果然很勤奮打拚啊。」

大老闆的態度和平常完全沒兩樣，似乎只有我一個人莫名地大驚小怪。

「對了，我弄了點美味的甜酒來，要嘗嘗嗎？無酒精而且無添加物喔。」

「那是什麼？我想喝。」

剛才還冷淡以對的我，卻因為「美味的甜酒」這幾個關鍵字而態度一變。千秋先生貼心地拿起擺在神社祭壇前的其中一瓶甜酒，幫忙遞了過來。

具有高級感的外包裝一看就知道價值不斐，讓我心中的期待值到達最高峰。

大老闆替我將甜酒咕嘟咕嘟地注入陶製的大酒杯裡。

我湊近看著甜酒特有的濁白色濃厚質感，看見沉澱後上層清澈的酒液所殘留的米麴，便雙眼發亮並雀躍驚呼著：「噢噢……」

「這是由大蛇妖經營，頗照顧天神屋的海老津釀酒廠所製。是利用今年新米剛釀好的，還沒上市的珍品喔。」

我聽從大老闆的推薦，試喝一口。

啊啊……這股風味實在太令人放鬆了。

這甜酒喝起來不會過甜，也完全沒有任何特殊的酒味，相當順口。同時還保留顆粒口感，帶著自家釀製的感覺，相當美味。我特別喜歡這種口感呢。

然而這具有深度的風味，喝一口就能明白絕非在家能做出來的等級。

「好意外……我對甜酒的印象一直都是有股怪味，但這完全相反耶。」

「因為只使用米麴來釀出甜味，不添加任何多餘的材料。也因此對於偏好甜酒特殊風味的人來說，也許會稍嫌不足。不過我很喜歡這種溫和淡雅的口味，每年到了釀造甜酒的這個時期，我就會忍不住自己訂購一些拿來喝。聽說對身體也很好。」

「咦，原來大老闆喜歡甜酒啊，你明明很討厭甜甜的南瓜啊？」

「甜、甜酒跟南瓜怎麼能相提並論……妳想想，南瓜燉煮之後不是很容易噎住嗎？我就是無法接受那種又甜又濃的東西。」

大老闆自然地將眼神飄往一旁，同時找著理由。

「就算是這樣，把南瓜偷偷放進別人碗裡也不對吧，大老闆。」

「白夜！不許你跟葵爆料這麼丟臉的事情！」

大老闆雖然大聲抗議，不過其實我早就從銀次先生口中聽到啦……

同一時間的銀次先生則已完全沉迷在酒精裡。每當白夜先生幫他的杯子注滿酒，他便一邊擺動著九尾一邊以驚人的氣勢豪飲而盡。簡直就像蕎麥麵吃到飽(註7)一樣。

「我也來喝點甜酒好了。」

「喔喔，那我幫你倒。」

這次換我替大老闆斟甜酒。

一旁的砂樂博士悠哉地盯著我看，然後露出一臉耐人尋味的笑容，喊著：「欸～欸～」

「嬌妻大人像這樣幫大老闆斟酒，總覺得好像一對真的夫妻耶，真應該跟著春日小姐一起嫁人的。」

「咦？」

「嗯哼，這話是有一番道理。葵，妳也該跟春日學學，快點下定決心了。」

「咦咦咦咦咦！」

就連白夜先生也說這種話。我感受到兩位大幹部施加的強大壓力，整個人蜷縮了起來。

欸，全日本家裡正值適婚年齡的女兒，被爸媽催婚就是類似這種感覺嗎？

「好了，你們別說了，我已經不想強逼葵答應了。」

「咦？」

「我……會永遠等待下去，直到葵認為可以嫁給我的那一天到來。」

「……」

註7：日本盛岡市名產。用餐時會有服務員在側，負責遞送分量約一口大小的蕎麥麵，並在客人吃完後立刻遞上新的一碗。

這個溫順的大老闆是怎麼回事？

他一邊小口小口喝著甜酒，一邊露出鬱鬱寡歡的表情。

之前明明還說過，不打算沒完沒了地等下去……

我是不知道大老闆有沒有這種意圖啦，不過難道是硬的不行所以試試軟的嗎？

還是說，他已經沒有那麼強烈的欲望想娶我為妻了？

一股情緒猛然湧上來的同時，我感到沒來由的不安。

我……最近這陣子的心情真像在洗三溫暖啊。

第七話 天神屋的溫泉饅頭（上）

「欸，小葵，有沒有什麼事情好做？」

「嗯？春日？」

在中秋節過完幾天後，春日來到夕顏。

現在還沒到上工的時間，春日卻面帶憂鬱地一屁股坐在吧檯座位上。

「大家都不想分派工作給我，說我是右大臣的女兒，所以負責休息就好了。就連女掌櫃也說要是我工作時受傷，她就麻煩大了。唉，現在閒得快死了。」

「喔喔，原來是這樣。」

「啊啊……至今為止明明盡情使喚我做東做西的，而且我跟阿涼小姐吵架了。」

「阿涼？為什麼？」

「我總覺得阿涼小姐變得不太對勁，吵著要我放棄嫁去北方大地。我說這沒辦法，結果她就鬧起彆扭，我怎麼跟她講話也不理。是恨我早一步先嫁人嗎？」

「……」

依照阿涼的性格，只是單純覺得寂寞吧……

不過對於這個月底就要離開天神屋的春日來說，沒人願意分派工作給自己，也很落寞呢。
「這個嘛，那不如來夕顏工作如何？正好我們店裡人手不夠喔。」
「葵大人，您有我在啊。」
「哈哈哈，小愛還沒成為正式員工吧。」
在廚房幫忙備料的小愛往外探出頭來。
雖然她已經能變化成自己獨有的容貌，但有時仍敵不過睡意，所以目前先不讓她負責外場。
春日如果願意幫忙，以我的立場是很開心沒錯，不過……
「可是春日，妳不會想在服務員的崗位上直到最後一刻嗎？」
「嗯……也不是沒有這種想法啊，但我現在也沒個容身之處啦。好啦，我就答應妳在這裡工作。」
「太好了！那春日就是我們店裡的新人囉。雖然這麼說，不過沒多久就要離開了呢……春日。」
「啊啊真是的！不要連小葵妳也陷入感傷啦！就算辭掉天神屋的工作，這次婚事也有可能以失敗告終，結果我又回鍋也說不定啊～～」
「會有這種可能喔？」
「如果有的話我可傷腦筋就是了，不過未來的事誰也說不準啊。」
「……」

不知道春日心裡在擔憂著什麼，她托著臉頰，此時此刻正在思考別的事。

「啊，對了！春日，要不要跟我一起製作天神屋的溫泉饅頭？」

「溫泉饅頭？是那個黑糖口味，口感乾巴巴的？」

「不是，天神屋希望能推出新款溫泉饅頭，所以我正在進行試做。妳過來一下。啊，日式圍裙在這邊。」

我請春日穿上備用的日式圍裙之後，便進入廚房裡。

我正好在準備饅頭試做所需要的材料。

材料有自己用新米磨好的米粉、酒種、鬼門大地特產的食火雞蛋。內餡則是手工製作的豆沙餡，已經先捏成球狀排列好了。最後就是跟北方大地訂購的牛奶和奶油起司。

「小葵，妳打算用這些做出什麼？」

「就稱為『米饅頭』不知道行不行？雖然實質上來說就是蒸糕啦。口感鬆軟又有彈性，就像春日妳的臉頰一樣。」

「啊，妳剛才說我長得一副圓嘟嘟的狸貓臉對吧！」

「呃，我應該沒說得那麼過分耶……」

是說妳本來就是隻狸貓啊，這句話哪裡有問題？

春日又把雙頰鼓得更圓了。

「葵小姐，早安。關於今天的定食……咦，春日小姐？」

銀次先生前來確認今天夕顏要提供的餐點，結果看見春日大白天就在店裡，似乎嚇了一跳。

「喔喔，銀次先生。你聽我說喔，春日從今天開始就是我們家的新人了。」

我向銀次先生從頭到尾說明了一遍事情的經過。

「喔喔，原來是這樣呢。其他服務員會顧慮春日小姐，我想也是在所難免的吧。畢竟出嫁前要顧好您的身體健康。」

「我耐操得很，大家按照平常心對待我就好啦……」

「我明白了，春日小姐。那麼我去商量一下，在您正式離職前的這段期間，就把您以臨時助手的身分調來這裡幫忙吧。過去也不乏將服務員調度來夕顏幫忙的前例，所以一點都不奇怪喔。」

「……」

春日輕輕點了點頭。

我想她內心其實希望能在服務員的崗位上努力到最後一刻吧……

阿涼也真是的，這種重要時刻卻不好好支持春日，到底在鬧什麼彆扭呀。下次碰面時得稍微問問她。

「好！無論如何，總之現在重點是饅頭！溫泉饅頭！」

我拍響雙掌，三兩下俐落地綁好和服束袖帶。

「欸，銀次先生。放在『祕密基地』的那些地獄釜鍋，我可以使用嗎？」

「地獄釜鍋是嗎？嗯嗯，您可以隨意使用沒關係。」

我獨自握拳吆喝了一聲：「太好了！」

既然已取得使用許可，那麼首先來進行前置準備。

料理步驟很簡單，這次分別要做兩種口味的蒸饅頭——「雞蛋」與「起司」。

雞蛋口味呢，其實也就是原味。

將食火雞蛋、牛奶與油等材料加在一起攪拌到呈現滑順狀，再加入米粉以及取代泡打粉的酒種，接著再繼續確實攪拌至顆粒感消失。

另一種起司口味則多使用了從北方大地訂購來的奶油起司，用金魚缸造型調理機打到軟化為止，再和入雞蛋口味的麵糰裡即可。

這兩種口味的麵糰就由我們分工進行製作。

由於這種麵糰水分含量多，必須分別倒入模具裡才能送去蒸。

不過這裡不像現世有便利的蛋糕杯可以使用，總之先拿了小型的茶碗蒸專用杯來代替，然後在雞蛋口味的麵糰裡加了豆沙餡。

「小葵，起司口味不放內餡嗎？」

「為了享受麵糰中混入奶油起司的風味，所以是做成沒有餡的饅頭喔。」

雖然塞滿豆沙餡也很美味，但我現在試圖做出的是把重點放在享受外皮的口感與風味……

「再來的步驟就只剩下……把這些送進蒸氣地獄了……呵呵呵……」

「小葵妳的臉比較像地獄裡的鬼耶。」

「畢竟葵小姐是料理鬼才呀。」

春日跟銀次先生異口同聲說著「不愧是鬼妻」。不管，我什麼都沒聽見，沒聽見。

接著我們三人一起抱著這些像茶碗蒸一樣的蒸饅頭原料，前往後山的祕密基地。

原本還有點低落的春日，來到芒草原前情緒突然興奮了起來。

「好驚人！原來天神屋的後山上還有這麼一塊地方啊！」

「我也是前幾天才第一次知道喔。」

芒草原與春日也彷彿構成了一幅畫，與秋天這個季節十分相襯。不愧是狸貓。

天然溫泉就位在芒草原正中央，像是突然開了一個大洞似地突兀，小神社則位於對面那一側。之前還來神社裡喝甜酒，不過今天另有目的。

為的就是利用隔壁涼亭裡的地獄釜鍋蒸溫泉饅頭。

「唔哇……好燙！」

「葵小姐，還請小心，這裡噴出的蒸氣超過一百度高溫。」

我將茶碗蒸杯一一排在竹製的大蒸籠裡，小心翼翼地送入地獄釜鍋內。

接著只須蓋上木頭鍋蓋，等待饅頭蒸好。

「大約需要三十分鐘才能蒸熟，這段時間我們去摘點芒草吧。裝飾在店裡也許很有秋天的風情。」

在我的提議下，我們便開始利用等待時間摘起芒草。

不知道春日的野性是否被喚醒，她輕巧地變成了小狸貓的外型，在芒草原裡四處奔跑。

正當遍尋不著她的身影時，她就突然從芒草的縫隙中出現。下一秒又消失蹤影，接著從另一個地方現身而出。這麼可愛的小狸貓就快要出嫁了，真是……

「銀次先生要不要也變回狐狸跑一跑？」

「咦咦咦！我不用了啦。」

銀次先生不知為何相當害臊。

本來還以為可以看到狸貓和狐狸在芒草原上奔馳的畫面，感覺這背景很適合這兩種動物……

「啊啊對了！蒸饅頭、蒸饅頭。」

光顧著悠哉地看著春日在芒草原裡東奔西跑的畫面，實在太愜意了，差點就忘了正事。此行的重點是這個才對。我拿下地獄釜鍋的木頭鍋蓋，冉冉的熱氣伴隨著香味一同四溢。從中現身而出的，是形狀完美的淡黃色蒸饅頭。

饅頭膨脹得圓滾滾的，幾乎快從茶碗蒸杯裡滿溢而出。

成品實在蒸得太漂亮了，真是令人垂涎三尺的碳水化合物………

「看起來好好吃，小葵，我想快點開動。」

春日又輕巧地變回人形，拉著我的袖子催促著。

如果是使用鋁箔或是紙質的拋棄式蛋糕杯，現在就能直接咬下去了。不過……

由於是使用茶碗蒸的杯子製作，必須拿薄一點的刀子從邊緣插入後脫模，同時要一邊留意別燙傷了。我們三個一起進行這項作業，然後趁饅頭還保留剛出爐的溫度時，直接送入口中。

首先品嘗的是雞蛋口味。

「唔哇，口感好軟糯～～」

所有人在第一時間都得到一致的感想，這股鬆軟又具有彈性的口感首先帶來了全新的衝擊。

「因為是用米粉做成的呀。米粉製成的蒸糕或蒸饅頭都會像這樣特別帶有彈性。因為我看隱世妖怪鍾愛米飯，所以想說與其使用麵粉，倒不如改用米粉也許比較好。而且這還是鬼門之地的高級品牌米『鬼穗香』磨成的米粉，更具備了在地的特色對吧？」

「啊啊，這是非常重要的一點呢──『地產地銷』。這饅頭很不錯耶，同時還保留了雞蛋的香氣。食火雞當然不用說，也是這裡的特產之一。製作步驟相當單純，蒸氣加熱的過程也只要移到地下工廠進行，就不是什麼難事了。畢竟做為要量產的土產，如果選擇太脫離世俗品味或是成本過高的商品，都不太適合。」

銀次先生似乎是因為以前在土產研發上有過失敗的經驗，而露出了苦澀的表情。

「欸，小葵，我可以吃吃看加了起司的嗎？」

「嗯嗯，當然。這口味呢……就算是我順便提出的點子吧。」

雞蛋口味能獲得好評，某種程度算是在我預料範圍內。

不過光是這樣，也讓我擔心會不會缺少了新商品必須具備的吸睛度。

所以我注意到在隱世尚未成為主流，不過正緩緩普及中的那項食材——起司。

特別是使用來製作甜點的奶油起司，在隱世也能入手真是太好了。

「我總覺得最近很常吃到加了起司的料理。以整個隱世來說，起司還稱不上大眾食材對吧？不過這裡剛好鄰近酪農業發達的北方大地，所以我希望能讓更多外地的妖怪明白起司的美味。我自己在現世時也常常會做起司蒸糕。」

起司蒸糕在便利商店裡也是大家所熟知的一種烘培點心，口感有點像乳酪蛋糕。

我想這樣的滋味，應該很容易被妖怪接受吧？

「唔哇……本來以為吃起來跟剛才的差不了多少，結果完全不一樣，濃醇之中又帶著微酸呢。」

「麵皮確實帶有奶油起司的獨特風味，和口味溫和又質樸的雞蛋原味各有千秋。這個真不錯，的確有機會成為天神屋中讓人眼睛一亮的新產品呢。而且感覺很容易越吃越上癮……這一點也很重要。」

春日與銀次先生興奮地品味著起司蒸饅頭，看來這兩人都給予好評。

「不過這還是一場賭注呢。如果大家沒有嘗鮮的意願，也許把起司口味當成期間限定品項也不錯。」

「這種做法也是可行的。也就是以雞蛋口味為基本款，配合季節推出期間限定版的口味，在外皮、內餡或是調味上做出變化。我認為這商品具備了這樣的多樣性。嗯嗯，值得期待。我覺得非常可行喔！」

銀次先生似乎感受到了什麼可能性，開始思考成本計算與品項種類的事情。

春日將手伸往蒸籠，自己將茶碗蒸杯裡的饅頭脫模，撕了一塊放入口中，然後一臉幸福地咀嚼著。

她似乎特別中意起司口味。

「『地獄饅頭』真好吃耶。」

「地獄饅頭？總覺得這名稱聽起來怪可怕的……」

用地獄釜鍋蒸的饅頭，簡稱為地獄饅頭這樣是吧。

然而銀次先生卻沒有錯過春日不經意脫口而出的這個單字。

「這也許不錯！聽起來夠響亮又具有鬼門大地的特色，感覺也能以此為題材，設計出有主題性的外盒包裝。」

「是、是喔？」

這念起來的確很順口沒錯，但我本來是以小雞般可愛又溫和的討喜形象為出發點的。身為研發者，這過於驚悚的命名令我有點困惑。

「地獄饅頭啊……」

然而春日卻高舉著自己命名的新土產，用充滿愛情的眼神凝視著。

既然她看起來好像很開心，也許這也不是一樁壞事……

「欸小葵，這個要怎麼包裝販售呀？總不可能就裝在茶碗蒸的杯子裡賣吧？」

面對她直率的疑問，我舉起了食指回答：「就是這點！」

「這就是最重要的課題。這次雖然用茶碗蒸杯做，不過本來應該要使用鋁箔杯或是薄薄的紙杯才對，這些蒸模在隱世也許並不好找。」

「既然如此，那就制定一種規格，由我們自行開發模具吧。」

「咦？銀次先生，這有辦法辦到喔？」

銀次先生以自信滿滿的表情肯定地說：「當然。」

「我們天神屋擁有大規模的地下工廠。既然現世已存在類似的東西，就請砂樂趕緊研究一下，交給鐵鼠們生產，應該一個晚上就能做出來了。」

「咦！地下工廠的員工們真厲害，那我們現在就過去拜託他們吧。」

急性子的我如此提議，然而銀次先生接下來似乎沒空。

「可以的話我也希望能同行，不過我接下來還得跑別的部門。嗯……不過讓葵小姐單獨前往，我也有點放不下心，畢竟您容易迷路。」

咦？就連銀次先生也認定我是個容易走丟的人啊……

「那不然我帶小葵去天地下吧，小老闆。我以前也去那邊跑腿過好幾次了。」

「啊啊，有春日小姐陪同我就放心了！那麼就拜託了。」

銀次先生把我託付給春日，深深低頭行禮後快步離開了現場。

「欸春日，話說『天地下』是什麼東西？」
「小葵呀，就是天神屋地下工廠的簡稱啦，旅館裡的員工都這麼稱呼的。」
「啊啊，原來如此。」
新款溫泉饅頭的研發案會由我負責，就是之前去天地下時受砂樂博士所委託的。
既然機會難得，就請砂樂博士也幫忙嘗嘗地獄饅頭的味道吧。

「呃，那個，砂樂博士。」
「嗯，啊……哪位？」
「呃，我是葵，夕顏的葵。」
負責管理天神屋地下工廠——簡稱「天地下」的開發部長，也就是砂樂博士，正因為我們的來訪而從短眠中醒了過來。
我來到這間之前也曾來過的研究室，在室內一隅找到身上裹著毯子睡死的砂樂博士，於是便把他搖醒。
「嗯……您來啦？嬌妻大人。啊，春日小姐也在！」
砂樂博士戴上墨鏡，交互打量著我們的臉孔確認身分。
他起身之後隨便套上白袍，打了一個大大的呵欠。

「難不成是新款溫泉饅頭已經大功告成了？」

「嗯嗯，不過同時也發現了一些問題。聽銀次先生說砂樂博士能幫忙解決，所以我就帶了饅頭來給你試吃，順便想商量一下。」

春日打開包在竹簍外的大方巾，說了聲：「就是這個唷。」然後舉起裝在茶碗蒸杯裡的兩款饅頭。

「嗯哼，類似隱世風格的杯子蛋糕這樣嗎？」

「呃，不是的……因為沒有容器，所以長得像茶碗蒸一樣……是說問題就在這裡。」

總之我先向砂樂博士說明了饅頭所使用的原料，然後分別請他試吃兩種口味。

「嗯！嗯嗯！這相當不錯啊。跟乾巴巴沒人買的黑糖饅頭完全相反，口感輕柔鬆軟又充滿彈性。這種點心水分多，所以才需要容器對吧。加了起司的口味很有現代感呢。」

「我其實也還滿喜歡目前賣的饅頭那種乾乾的口感喔。」

「春日小姐，我想應該是因為吃習慣了所以有感情吧。」

砂樂博士剝了幾口饅頭品嘗，發出「嗯嗯」的呢喃聲，幾經思考後針對饅頭的外形提出了建議。

「一顆的大小設定為比普通饅頭小一圈，然後以盒裝販售吧。這種饅頭的麵皮比普通的來得更有彈性，也就更具有嚼勁，小一點的尺寸比較方便食用。」

「的確是……例如口感偏Q彈的麵包跟甜甜圈，好像也都會做成方便撕成小塊食用，或是直接做成小顆小顆的。」

「另外就是呢，現在時下消費者偏愛分量恰到好處，剛好能解饞的小點心。若是做得太大，就變成必須留一半下次再吃。」

「啊啊，的確常常這樣。」

我跟春日頻頻點頭認同，小一點的尺寸的確比較方便吃多少拿多少呢。

「還有，雞蛋跟起司這兩種饅頭的色調太像，難以分辨口味。我希望能做到從外觀就能區分口味，例如杯模的顏色如果能分成兩種也許就不錯呢。」

砂樂博士翻找著研究室的桌子，取出某樣東西。

沒想到竟然就是蒸糕或杯子蛋糕會用到的紙杯模，就跟現世會賣的一樣。

「嬌妻大人想要的就是這種沒錯吧？」

「對對對，就是這個！這裡怎麼會有？」

「這是我的研究材料之一，是我從現世訂購的土產拆下來留存的。」

據砂樂博士所言，在隱世要生產耐熱並且可進蒸籠的紙杯，也是輕而易舉。

最終的結論就是做成外層觸感類似柔軟和紙，內層則是方便脫模的不沾材質。顏色分別是紅與白，總之就是配合妖怪的喜好。

「嗯……第三工廠長、第三工廠長，請盡速前來找砂樂。」

「吱！小的來了。」

才剛廣播完，鐵鼠工廠長便立刻打開門現身了。他踩著輕巧的步伐走了過來，身上還穿著工作服。

「第三工廠長，可以麻煩你依照這張設計圖來做容器嗎？分別需要紅色和白色兩種。總之先用那種紙材來製作，內層再利用靈力加上滑滑的不沾塗層。要能夠耐得住天神屋溫泉的蒸氣那樣，然後這樣這樣再那樣那樣。明白了嗎？」

「吱！明白了，這就馬上動工。」

鐵鼠工廠長欣然接受了砂樂博士所下達的指示，然後又輕巧地離開研究室。

我心想博士剛才講得那麼籠統，他的理解能力也太強……

「話說回來，嬌妻大人啊。製作土產就免不了要設定一下保存期限。防腐劑之類的要怎麼辦？要做成現買現吃，還是能耐久放的呢？這也會影響到銷量、口味與品質喔。」

「關於這一點，我想跟靜奈討論一下。因為我聽說食物經過天神屋這裡的溫泉蒸氣加熱後，能延長保鮮。」

「喔喔……是要討論這個呀。的確呢，既然都要用蒸氣來蒸了，希望能充分利用這裡的泉質呢。靜奈小姐現在應該正好就在底下的第五研究室喔，她正在用從地層深處汲取上來的溫泉進行各種研究工作。」

聽砂樂博士說完，我們便決定先去找靜奈一趟。

我和春日抵達天地下五樓。

這裡是溫泉師的泉質實驗場，用來研究從地底所汲取的溫泉。

環境昏暗又悶熱，簡直就像哪裡的挖掘場。

身著白袍的研究人員們圍繞在一座散發黯淡紅色光芒，充滿詭異氛圍的溫泉旁，有的人倒了某些東西下去，或是攪拌來攪拌去。又有人汲取其中的泉水，或是投入了什麼東西。

真、真可疑，到底是在幹什麼呢……

在場負責下達指令的，正是一臉認真的靜奈。

「哎呀！葵小姐、春日，兩位怎麼過來了？」

她發現站在遠處窺視的我們，便笑著跑了過來。

靜奈一身白袍造型好可愛。

「靜奈，你們現在在進行什麼實驗嗎？我有點事想找妳商量。」

「我跟小葵呀，正在試做天神屋的新款甜饅頭喔。」

聽見我跟春日的說明，靜奈合起雙手驚呼：「哇，新款甜饅頭！」似乎相當感興趣。

「在這裡不太方便說話，請兩位跟我過來吧。」

在她的帶領下，我們來到她專用的實驗室，然而……

「裡頭很髒亂，不好意思……」

「……」

呃，嗯。的確相當雜亂無章。

雖然砂樂博士的實驗室也半斤八兩，不過跟雜物堆得到處都是的這裡相比，看起來還整齊多了。有一部分也是因為這裡空間比較小就是了。

靜奈意外是個不太擅長打掃家裡的那種女生嗎？

「啊。」

靜奈的研究桌上悄悄擺著一張時彥先生的照片。

時彥先生也就是靜奈的師傅，目前在折尾屋擔任首席溫泉師。

這似乎是從某本雜誌為折尾屋做的特輯報導上所剪下來的圖？

旁邊站著的人似乎是葉鳥先生，臉被裁掉了有三分之二……

「所以，要找我商量什麼呢？」

靜奈為我們端上了茶。

我們一邊啜飲著茶，一邊將新土產目前的研發進度說明給靜奈聽，並請她試吃我們帶來的地獄饅頭。

「哇，好好吃！這確實是用我們旅館的溫泉蒸氣所蒸出來的呢。」

「吃得出來嗎？」

「嗯嗯，風味不同。應該說香氣有差別。吃起來很明顯有我們這裡的溫泉的味道。」

不愧是溫泉師。我們三人繼續如此這般地進行討論。

「所以是想利用溫泉蒸氣來延長饅頭的保存期限是嗎？從天神屋地底汲取的溫泉含有硫磺成分，確實具有殺菌作用，也進而能達到防腐的效果……葵小姐希望設定多長的保存天數呢？」

「這個嘛，我想至少需要個二十天，買回去當紀念品剛剛好。」

「只要在天神屋的溫泉蒸氣中施加泉術來延長效果，要保存二十天我想是沒有問題的。而且這是天然的防腐劑，對健康也無害。」

根據靜奈的說明，利用溫泉的殺菌效果來開發藥物，似乎也是溫泉師工作中的一環。

「加強防腐作用的泉術並不困難，這間溫泉師研究所裡的職員也能辦到。沒問題，請務必讓本研究所協助『地獄饅頭』商品化。」

「哇！靜奈，謝謝妳！」

「畢竟這是葵小姐所發想、春日所命名的土產，希望製造出的商品可以長久受到眾多顧客的喜愛……」

身為濡女的靜奈，臉上掛著的笑容漸漸消退。

她用白袍的袖子掩目，以微弱的聲音吐出了一句：「好寂寞。」

「我想都不願去想春日即將離開天神屋了。因為我將失去室友，變成孤身一人了……好捨不得……」

這番話讓春日不禁紅了眼眶。

對耶，畢竟她們在女子宿舍同一間房內共度生活啊。

「我其實早就從大老闆那邊得知了春日的事情，所以他特別託我好好協助春日，結果反倒是我從春日身上得到許多幫助，房間也都是春日幫忙整理得乾乾淨淨的。」

「靜奈……」

春日一臉泫然欲泣的表情，卻還是強顏歡笑，隨後溫柔地抱緊了靜奈。

「靜奈真是個愛哭鬼啊。我一直在想身為幹部的妳何必委屈自己跟我擠同一間房，原來是這樣啊……我還會再來天神屋的。下次要以客人的身分來泡靜奈所調配的溫泉呀……以後要好好整理房間喔。」

靜奈哭哭啼啼了一陣子之後，最後還是平復了情緒。

她大力地拍了拍臉頰要自己振作起來，這畫面令我印象深刻。

原來春日早已和許多人建立起我所不知道的深厚情感。

「春日，這個送妳。要好好保重身體喔。」

靜奈翻找著自己的研究桌，取出某樣物品。

那是一罐扁平的褐色藥膏，上頭貼著大紅色的標籤。打開瓶蓋後……

「哇，是血海軟膏『特效版』耶！」

「呃呃！這紅紅稠稠的東西是啥！」

春日看起來十分開心……但這狀似史萊姆的血紅色神祕物體讓我光看就覺得恐怖。

「呵呵，葵小姐，這是外用藥膏喔。是使用天神屋的溫泉成分所研發出的軟膏，療效十分優秀。『特效版』是非賣品，也送您一罐吧。接下來將迎接寒冬，碰水的工作特別辛苦，皮膚若是乾燥龜裂甚至有出血情況時，請務必使用看看。我每晚也會固定拿來擦手腳。」

「咦，這可幫上大忙了！靜奈謝謝妳！」

最近開始覺得用冷水洗碗有點痛苦，而且還被大老闆說滿手都是乾裂的傷口。雖然這藥膏外觀實在獵奇，不過真是令人高興的禮物。

就讓我滿懷感激地使用吧。

要商量的正經事到此告一個段落，還收到了「血海軟膏『特效版』」，我和春日揮手告別了靜奈，回到天地下的上層。結果……

「啊啊，嬌妻大人還有春日小姐，兩位來得正好！」

「砂樂博士。」

砂樂博士與鐵鼠工廠長早已在開發部的研究室前等待我們到來。

「請看請看，已經完成囉。這就是蒸饅頭專用的紙模！」

「咦！太快了吧！」

也才不過一小時，地獄饅頭專用的紙模樣品就已經完成。

太驚人的技術力了。地下工廠裡的鐵鼠們難道會使用魔法嗎？

然後鐵鼠工廠長一臉得意洋洋地說著：「吱！小事一樁。」真可愛……

「那麼就用這個紙模來蒸地獄饅頭，測試一下強度吧。可以用我們工廠內設置的地獄釜鍋喔。然後把成品帶去給白夜看看吧，產品要經由會計長定價後才能正式進入商品化。」

「咦，定價？已經要討論到這個了嗎？」

「妳在說什麼傻話呢。新產品能越早上市當然越好呀。搶占先機是很重要的。要是被人家先推出了，大家就會覺得沒創意啦。」

「……」

我與春日面面相覷。

本來只是想進行試吃，參考一下其他人的反應而已。

總覺得進展也太神速了吧？

天神屋的溫泉饅頭（下）

時間來到隔天上午。

我使用天地下所協助開發的紙模，以及地下工廠內的地獄釜鍋，再次蒸了雞蛋與起司口味的地獄饅頭。

小小的紙杯裡裝著蒸好出爐的饅頭，光滑的表面加上圓滾滾的造型相當可愛。

紙模本身的強度也完全沒問題，重點是吃起來比裝在茶碗蒸杯裡來得方便多了。

我與春日將地獄饅頭擺入竹籃裡，即刻出發前往白夜先生的所在地——本館的會計部。

然而在伸手敲門的前一刻，春日似乎臨陣退縮了。她拉著我的袖子，狸貓尾巴不停發抖。

「小葵，我好怕，這裡是我不想進去的一個地方。」

「事、事到如今還說這些！春日，沒問題的啦，我之前也來這裡體驗過被罵得狗血淋頭的經驗，現在還是活得好好的呀。不會死人的。」

在前方等待的結果究竟是生是死？此刻我們敲響門扉，靜靜踏入其中。

「打、打擾了……」

咖答咖答……咖答咖答……

啪嚓啪擦……啪擦啪擦……

會計部四周被純白的牆面與無數的高柱包圍，架高的榻榻米空間並列其中。負責會計與出納的職員們被數量龐大的卷軸所包圍，正動筆書寫並且撥著算盤。

其中也有一些人負責操作外觀類似電腦的隱世機械，看起來一副菁英分子的模樣，正目露凶光猛盯著螢幕。

在場所有員工此時都迅速往我們這裡瞥了一眼，隨後又繼續投入原本的作業。真是一絲不苟的工作態度。

這裡的氣氛果然與其他部門大不相同啊……

「別呆站在那裡了，妳們過來。」

一道冷淡的聲音從最深處的那張辦公桌傳了過來，桌面上堆著如天高的卷軸山。

從堆積如山的文件裡迅速站起來露面的身影，穿著長版的白色外褂。他正是天神屋內的會計長白夜先生，負責掌管出納、會計與財務等所有牽扯到錢的事務。

「詳情我已經聽小老闆與砂樂博士說了，天神屋的新款饅頭似乎完成了是吧。」

「算、算是完成嗎……是想請你先試吃看看……」

「哼，一副毫無信心的樣子。也罷，總之先過來吧。」

我們在白夜先生的引導下，被帶往一間地板架高的榻榻米小廳。

這裡就是之前我跟銀次先生一起為了夕顏的經營狀況而被教訓的地方，對我來說是充滿陰影之處。

我全身直打顫。怎麼辦，如果被他嫌難吃、賣不出去、甚至被退件的話……

「嗯哼。做得很不錯啊，這種口感應該很受隱世妖怪的喜愛吧。」

「咦？」

然而白夜先生的反應卻出乎預料地好，我跟春日都愣住了。

他分別品嘗完兩種口味的地獄饅頭後，便拿起擔任會計長助理，一身祕書造型的眼鏡美人千鶴小姐所端來的茶，優雅地啜飲。

「本來以為是現世風格的饅頭，不過口味卻很純樸，跟綠茶也很搭。原本還擔心最後的成品造型與口味會不會太具個人風格而難以量產，不過……看來妳似乎也有考量到這方面呢。」

「嗯嗯，這部分我在構思時當然有留意過。畢竟土產不是由我手工製作，我想應該要選擇方便工廠量產，並能夠維持穩定品質與風味的款式比較好。」

「是呀。土產追求的並不是由特定的職人造就出獨特美味的頂級甜品，而應該具有親和的價格與口味，卻有著令人上癮的美味，同時又要不著痕跡地增添一些新意。要在其中取得平衡並不容易，所以要推出人氣特產是相當艱難的任務。」

白夜先生從懷裡掏出慣用的算盤，開始打了起來。

看來他手邊似乎有銀次先生所提交的資料，正以上面所記載的材料與做法來推估出大概的單價。

「一盒十五入，兩種口味的價格就同樣設定在一千蓮吧。」

「咦，兩款定價一樣沒問題嗎？起司口味的材料費比雞蛋還高耶。」

「的確是這樣沒錯，畢竟奶油起司這東西需要從北方大地的酪農牧場那邊進貨，產量也不多，目前還是奢侈品。雖然成本價有差距，不過我希望能先不計成本地盡量強推。選用北方大地所產的起司這一點，我想應該要大力宣傳。」

白夜先生設定好價格之後快速地記錄在不知道什麼文件上，他邊動筆邊將視線移往乖乖坐在我旁邊的春日身上。春日很明顯地挺直了背桿。

「春日，妳即將嫁去的地區所擁有最強武器，就是酪農業。」

春日明白了對方在說北方大地之後，便立刻換上嚴肅的神情。

「但是北方大地有著根深蒂固的舊習與民情，有輕視商人的傾向。也因此，就算擁有優秀的特產也缺乏推動銷售的力量。」

「是，我聽說經濟層面上也有一些難處。」

「妳所命名的這個地獄饅頭，如果能成為一個機會，幫助妳未來的夫家推廣當地特產的話就好了。」

白夜先生的口吻就像是把這當成了天神屋為春日所準備的一項嫁妝。

的確，很多時候最重要的契機總是來自這種微不足道的小事，我一路以來已數度深刻體會這個道理。

此時此刻即將誕生的溫泉饅頭——「地獄饅頭」。

我希望這對於春日而言，並不是一段成為過去的回憶，也不是為天神屋留下的餞別禮，而是讓未來的她受惠的一份重要財產。

「話說回來，春日。我聽說妳意外飽讀詩書，令我相當敬佩。這本就讓妳帶走吧。《隱世的光明與黑暗·北篇》——是我的愛書，妖貝出版的首刷版。」

白夜先生從懷裡取出了一本書，遞給了春日。

「啊，這本……我已經看過好幾十遍了。」

「……」

春日真是的，剛才明明還對白夜先生敬畏三分，這種關鍵時刻卻如此直白……

白夜先生乾咳了幾聲之後，一臉若無其事地看著我說：「那就賞給妳吧。」然後硬是把書塞給我。

咦咦咦！什麼啦，我才不想要……

「那不然就把會計室特製的招財貓存錢筒送妳吧，春日，是管子貓造型。」

「哇，這個禮物好多了。好可愛～～」

存錢筒上的招財貓抱著一枚印有天神屋家紋的金幣，相當討喜。春日緊緊地抱著從白夜先生那收到的禮物，看起來似乎很開心。

咦咦咦！我也比較想要存錢筒。

「好了，那麼接下來就只剩下大老闆點頭答應，就能進行商品化了。我這邊已經把資金相關的文件整理好了，妳帶著過去，趕緊讓大老闆嘗嘗這饅頭。」

「咦，有必要拿去給大老闆試吃嗎？」

「妳說這什麼蠢話！沒有大老闆的首肯，怎麼能擅自推出天神屋的新款饅頭這種焦點商品。好了，快點動身出發！」

「啊好痛！疼疼疼！」

白夜先生用隨身攜帶的摺扇拍打我，趕我離開現場。

「春日妳留下來，我有些事要說。」

「咦～～」

「咦什麼咦，蠢姑娘。」

啊啊……

春日一個人留在原地，而我被趕出了會計部。

懷裡還揣著地獄饅頭及白夜先生送我的厚重書本，其實不太想要。

昨天才深入天神屋的地底之下，今天又要跑到最頂樓去。

我忙碌地四處奔走，就為了區區一樣土產。

「喂，葵。現在還沒到上工時間，妳在趕什麼？」

曉發現了通過櫃檯旁的我，於是把我喊住。同時阿涼也不知道從哪冒了出來，直問我：「妳手裡拿著什麼東西？」這些傢伙眼睛真利。

「你們出現得正好，這個也分給你們吧。」

我隨便地各扔了一顆地獄饅頭給他們。

「這是天神屋新土產的候選方案，名叫『地獄饅頭』。我已經請砂樂博士還有白夜先生試過味道，最後就等大老闆點頭了。我現在正要過去找他。」

「……」

「嗯？為什麼一臉吃驚？」

阿涼和曉看向彼此，然後大口咬下地獄饅頭。

「哎呀，沒想到妳已經徹底具備天神屋員工該有的樣子了呢，嗯嗯嗯……」

「就連那個砂樂博士跟白夜先生也……嗯嗯嗯……」

他們倆嘴裡一邊咀嚼著，又同時伸出了手打算拿第二顆，結果被我狠狠拍掉。要是連大老闆的份都被吃光，那還得了。

「啊，對了，阿涼。」

在離去之際，我突然想起了某件事而喊住阿涼。

「妳好像跟春日吵架了是吧？她待在這裡的日子也沒多久了，妳這是在幹什麼呀？春日她一直耿耿於懷喔。」

「哼！這件事跟妳無關吧，葵。」

阿涼臉上的表情立刻轉為不爽，盤起手臂將臉撇往一旁，心情似乎很差。

看隔壁的曉一臉不明所以地問著：「啊？」似乎不知道發生了什麼事。

「呃，那個大老闆……」

我前往最高樓層的辦公室，在拉門前呼喚了大老闆，裡頭卻沒有任何回應。

「大老闆，不在嗎？」

我稍微拉開紙拉門窺探裡頭，發現鄰接緣廊那側的拉門敞開著，能看見晴朗的藍天。但是依然不見大老闆的蹤影。

「啊！」

一陣強風颳了過來，原本擺放在辦公室內的紙堆隨之紛飛，我便急急忙忙進入室內，試圖撿回四散的紙張。

「啊啊！要飛去外頭了！」

我慌張地衝往緣廊，用食指與中指快狠準地夾住差點遠走高飛的一張紙。

「好、好險……」

然而我這才發現自己站在緣廊的最邊緣。往正下方一看，我開始渾身顫抖。沒錯，這裡是天神屋的頂樓。

從這裡掉下去……必死無疑……我急忙往後退了一步。

「奇怪？」

往緣廊深處一看，我發現那裡擺了一把通往上方的梯子。

「難不成大老闆爬上那個，跑去上頭了……」

我再次返回室內，將回收的紙張堆回桌上並壓上重石，以免又被風吹走。

接著我又走到了緣廊，單手挽著竹籃的提把，小心翼翼地踩上梯子。

我告訴自己絕對不要往下看。但還是好害怕……

「呃啊！」

就在下一秒，一隻粗暴的大烏鴉飛了過來，朝我的頭猛啄了好幾下，就像在阻止我爬上去一樣，看來似乎是對我頭上的髮簪所反射的光芒有所反應。

就算我想伸手驅趕牠也沒辦法，光是要抓住梯子就已經分身乏術了。

「痛痛痛！痛痛痛……住手啦，我要從梯子上摔下去了！」

「葵，把手伸過來！」

「？」

一隻手從我的正上方伸了下來……

我不假思索地握了上去。那隻強而有力的手就這樣拉著我，讓我勉強爬完梯子，同時那隻烏鴉也莫名放棄攻擊我了。不，與其說放棄，比較像是突然跟丟了我一樣……

牠在空中盤旋巡視著，而我明明就在正下方。

「葵，沒事吧？那隻臭烏鴉，最近老是在一帶撒野……」

我抬頭望向聲音的來源，看見了那張我再熟悉不過的臉。某個鬼男的臉。

「大老闆……」

「嗯？怎麼了？」

大老闆一臉呆呆的表情，不過，他果然在這裡啊。

他撫摸著我被烏鴉啄得凌亂的髮絲。

「聽見妳的尖叫聲，讓我嚇了一跳。」

「呃，是喔！因為剛才我差點腳一滑，從梯子上掉下去，快嚇死了！」

「別擔心，掉下去也罷，我絕對會去救妳的。」

「真好啊，身為妖怪能一派輕鬆地打包票。」

我向大老闆說明了一路上的經過，同時也平復了剛才緊張的情緒。

然後總算才注意到四周的景色。

「這裡是？」

令人意想不到的是，這裡是一座西式風格的空中庭園。

眼前的光景與天神屋的氣氛完全兜不起來，簡直就像誤入截然不同的異度空間。

而且這裡不像新搭建的，反倒充滿一股老舊的氣息，彷彿自古存在於此。

「這裡是辦公室的正上方沒錯吧？所以是頂樓庭園？可是在空中飛船上眺望時，完全沒看過這地方。」

這裡還種植了高聳的樹木，從上方俯瞰時應該很明顯才對。

大老闆環顧這個綠意盎然的空間。

「這裡是祕密花園，從外面是無法進入的。畢竟這裡實際上是閣樓。」

「閣樓？」

「是曾經擔任天神屋女老闆的黃金童子大人過去所住的地方。」

那位黃金童子……住在這？

說到這才想起來，被黃金童子拿走的天狗圓扇依然下落不明呢。

不知道那個金髮的座敷童子現在在哪裡？

「大老闆在這裡做什麼？」

「我正在採花，想說製成押花書籤送給喜歡看書的春日。」

「咦，原來你還有這種風雅的嗜好喔。」

感覺很讓人意外，不過想像那畫面又好像挺美的。

但今天大老闆的穿著簡直像哪來的農民。

「以採花來說，這身打扮還真充滿鄉土氣息耶，還拿著鋤頭。」

「喔喔，因為我順便在整理自己的菜園，基於興趣而打造的。」

大老闆往旁邊一指。

的確有塊四方形的菜園座落在這座高雅莊嚴的庭園一隅，完完全全解釋了「突兀」兩個字的意思。上頭還插著一根立牌，寫著「我的菜園」。

根據大老闆充滿熱忱的說明，這裡土質良好，栽種出來的植物跟農作物與下頭的不太一樣。所以在黃金童子大人離開後，大老闆便擅自開闢了一片小小的菜園。

「大老闆，你真的是鬼沒錯嗎？」

「千真萬確，冷酷強大又帥氣的鬼。」

「擁有一座『我的菜園』，擺出再怎麼神氣的表情還是帥不起來啦。」

眼前的鬼男跟平常一樣充滿吐嘈點。我只能用無奈的口吻如此回答，並且嘆了口氣。

「欸大老闆，我做了新版本的天神屋溫泉饅頭喔。已經去找白夜先生討論完定價了。」

「哦？已經通過白夜那關啦？竟然不是銀次而是妳成功了，真令我佩服。」

「嗯……不過中間歷經了許多就是了。」

我先從竹籃裡拿出白夜先生交付的文件，遞給大老闆。

他一邊看著文件，一邊頗感興趣似地說了聲：「嗯？」

「我也能吃吃看這饅頭嗎？」

「我不就是為此而來的嗎？」

我把竹籃高高拎了起來，用冷淡的語氣說。然而大老闆則回我：「那過來這邊吧。」接著輕快地引領我前往某個地方。

越往前進，一陣流水聲也越來越明顯。

我們來到盛開著黃色與橙色野玫瑰的寧靜廣場，中央有一塊由磚瓦所打造的圓形平台，佇立於正中間的正是一座氣派的大理石噴水池。

老舊噴水池帶著古典的年代感，相當融入這片庭園景色。

「哇，好像貴族居住的洋館裡會有的噴水池喔。」

「其實這裡也有洋館。」

「咦？」

大老闆探頭望向噴水池的水面，伸出手指著某一個點。

一隻不知從何而來的黑色蝴蝶翩翩飛舞而下，停在水面上。

「妳盯著我指的地方看看，就是那隻黑色蝴蝶所停留的位置。」

「嗯？」

我凝視著他所指示的位置。

黑色蝴蝶突然再次起舞，水面因此泛起了漣漪。待再次恢復平靜時，底下緩緩冒出了東西，水面上竟然倒映著一棟氣派的西式建築。

我不由自主環顧了四周，但是這座庭園裡根本沒有那種洋館。

「很神奇吧？明明有倒影卻不存在的建築物。不，並非不存在，而是我們不得其門而入。那是黃金童子大人的私宅——『據說』是存在於天神屋裡的最大一個謎……」

「……」

咦，這該不會是什麼鬼故事吧？

在這一片寂靜的庭園裡，我感受到一股寒意竄上了我的背脊。

「這應該不是妖怪世界的老牌旅館中見怪不怪的怪談故事吧？」

「啊哈哈！不用這麼害怕。來，在這裡坐下。我們進入正題吧。」

我們在噴水池畔比鄰而坐。

「那就讓我試吃看看妳的新商品吧。」

「唔，搞得這麼正式讓我有點緊張……」

雖然目前為止幸運獲得幹部群的一致好評，但要是大老闆嫌難吃，這地獄饅頭也只能胎死腹中了。

大老闆不顧我的擔憂，順手就拿起一顆地獄饅頭，仔細端詳著外觀後露出微微的難色，才送入口中。

「噢噢……令人驚艷的新口感呢。」

「果然入口的口感最具有震撼力呢。」

從大老闆的反應，也能看出這濕潤柔軟又具有彈性的口感，可望成為地獄饅頭的最大賣點。

在現世也是一樣的道理，記得每隔一陣子就會推出以口感為賣點的點心。例如Q彈有勁的甜甜圈與米粉蒸糕，或是半生不熟的軟嫩系甜點。

「隱世這裡平常就會吃到麻糬跟糯米糰子，所以大多數的妖怪應該都會喜愛這種有彈性的口感。但是這跟麻糬或一般甜饅頭又有些不一樣，的確可以理解白夜為何在文件上寫著『值得期待』了。」

「咦……」

「好了，別一臉慘白嘛。或許這樣給妳很大的壓力，不過也代表這商品有上市的價值。不過若要我給個建議的話呢，就是……」

大老闆又拿起一顆地獄饅頭，用手指著光滑的表面。

「總覺得這單調的外表不太起眼，雖然饅頭都長得大同小異，不過想要加點特色進去。」

「這……的確沒錯呢。」

「在這外皮加個烙印如何？比如說要是能設計個地獄饅頭專屬的圖案，通用在包裝紙與廣告宣傳上就太好了。」

「啊啊，這點子也許不錯！不過這方面就不是我的強項了。」

「別擔心，這是天地下開發部門最擅長的領域了，交給他們沒問題。我也會盡力進行業務推廣的。」

「……」

這代表我所創造出的商品，正受到期待嗎？

大家願意給予我信任與可靠的協助，讓我很開心。

現在的我，立場已與初來此地時完全不同了，這轉變究竟是為什麼？

天神屋的溫泉饅頭——正如白夜先生所說，是個只許成功不許失敗的關鍵商品。然而卻交給我負責。

「葵也許自己還沒發覺到吧，不過天神屋的大家已認同妳的實力。」

大老闆凝視著我，對我說下去。

「這份信賴是妳自己努力爭取來的。從現世來到這裡的年輕小姑娘，並不是也不可能光憑藉著僥倖與身為大老闆未婚妻的立場，就能贏得這樣的回報。至少幹部們全都好好把妳的努力看在眼裡，祈禱妳的成功。不過……就算失敗了，也不會有任何人嘲笑妳的。」

「……」

一切都逃不過他的雙眼——無論是我內心的不安，還是我所渴望的鼓勵。

「我啊，真的認為現在的葵相當耀眼。就算沒有我，妳依然能散發光彩。」

然而唯獨他的這句話，讓我微微感受到一股恐懼的寒意。

正因為我從來摸不透他的心思，所以才覺得這一字一句裡隱含著非比尋常的意義，於是我不由自主地大聲否定：「不是這樣的！」

「因為，我現在會在這裡……得以留在這裡，全是因為無論遇到什麼難關，都有銀次先生和大老闆你一前一後支持著我。」

明明身為被綁過來的擔保品卻說出這種話，也許哪裡怪怪的。不過他們是我的支柱這一點，絕對是千真萬確。

「不過呢，要是大老闆沒把我抓來這裡，我現在應該可以當個悠哉大學生就是了。」

「啊哈哈，被抱怨了呢……葵，妳會怨恨我嗎？」

大老闆雖然仍微笑著，卻好像有所顧慮。

這應該是他第一次這麼正式問我這種問題吧？

「雖然也曾怨嘆過這樣的命運也太扯，不過……最近或許也覺得不糟囉。我並不是就此把現世拋諸腦後了，只是如果我生活在現世，想必會是孤身一人吧，無論哪方面。像我這種『看得見』的人類，在原本的世界是得不到任何人諒解的。」

「現在不會寂寞了嗎？」

「對呀，這裡的生活熱鬧又緊湊，根本沒空去想什麼寂不寂寞了。畢竟再怎麼說，我也喜歡上了天神屋裡的大家。」

「我能明白。對我而言，天神屋也是我重要的棲身之處。如果這裡沒了我的一席之地，那我也不知該何去何從了。」

「……」

大老闆？

「話說回來，葵，妳所喜歡的『天神屋裡的大家』，有包含我在內嗎？」
「什麼？咦？」
總覺得有點難為情，於是我吃起了起司口味的地獄饅頭，掩飾這份害臊感。
我邊咀嚼著，邊輕描淡寫地回答：「算是囉。」
大老闆將手放在嘴邊輕輕笑著，到底哪裡好笑了。
然而……
「我說葵呀。」
風向突然之間一轉。
乾爽的秋風伴隨著一股寧靜，輕拂我的臉頰。
大老闆一臉嚴肅的神情，凝望著秋風所吹往的方向。不一會兒他又轉身面向我，觸摸著我的臉頰。
一隻黑色蝴蝶無聲無息地穿過了我們面前。
大老闆放低了音量，就像要開始說悄悄話一樣。
「葵，妳要好好記住這地方。」
「這地方……是指這座庭園？」
「沒錯。我剛剛說過吧？這裡絕對不會被外面的人發現。這座庭園是有生命的，能區分出天神屋的人與外人，而這裡也包含了天神屋所有的歷史……對我來說是很重要的因緣之地，妳……」

我？

大老闆的臉色似乎很沉重，他用那雙紅色的瞳眸靜靜地往下看著我。

他並沒有接下去說完，而是出其不意地往我的臉湊近。

「？」

嚇了一跳的我不由自主閉緊眼睛並聳起肩膀，整個身體都僵住了。

劇烈的心跳開始搶拍，難道，難道他……

「？」

然而，我所預想的狀況完全沒有發生。

睜開雙眼，發現大老闆早已經走下了噴水池的平台。

「啊……」

我的雙頰因為自己的會錯意而瞬間發燙，大老闆對這副模樣的我投以輕笑，好久沒看見那個鬼男露出那張充滿壞心眼的微笑。

「你……你故意鬧我的對吧！」

「呵呵，不用如此警戒。我不會隨便碰妳的。」

「可、可是，你之前明明抱……就是那個，抱緊了我不是嗎！在南方大地那次也……也親了我的……額頭。」

自己說出口都覺得難為情，我伸手摸著額頭，就這樣低下臉龐。

「那一次……很抱歉，擅自出手了。」

「……」

大老闆為什麼要道歉？

「但是，葵，雖然我說過願意永遠等待妳，不過有時仍按捺不住想主動靠近妳的衝動。我也會有無法克制念頭的時候……我是鬼，本性殘酷又忠於欲望的生物。」

大老闆如此說完便轉身背對我，不發一語地佇立在原地好一陣子。

鬼──的確，有時他會散發出原本應有的冷酷。

但是他從不曾試圖依靠蠻力讓我服從，也不曾強逼我。

我只不過是一個人類女子，要讓我屈服於他應該易如反掌才對。

大老闆過了一會兒再次轉過身來，臉上的苦笑帶著隱隱的悲傷。

「希望妳別討厭這樣的我，葵。」

一陣秋風從他的身後吹了過來，迎面拂過了我的瀏海後緩緩遠去。

別討厭你？

為什麼要說這些？只會讓我的心更加一團亂。

我被這個難以捉摸，無法掌握的鬼玩弄於股掌之中。

「那個，大老……」

「好！那麼我們趕緊去『我的菜園』採收作物吧。現在正值茄子、地瓜、蕪菁跟南瓜的採收期呢。」

「等一下，大老闆，你明明討厭吃南瓜卻種在這裡？」

我又發現了徹底破壞這種氣氛的吐嘈點，我也忍不住一如往常地吐嘈。

「單就種植來說，我是很喜歡這種蔬菜的啊，收成之後我就送給感覺有需要的人。」

「咦咦！咦咦！那送我，然後我會拿來做成料理，幫你克服偏食。」

「咦？」

「你應該不會說你不吃自己種出來的南瓜這種話吧？」

「呃，葵，妳的眼神閃著好可怕的光芒，就像鬼一樣。」

「聽好了，大老闆。秋日祭那天晚上打烊後過來夕顏一趟喔，一言為定。」

最後又像這樣，回歸一如往常的對話。

接著，我和大老闆就在他的菜園裡採收蔬菜，度過一段和平的園藝時間。

然而這段平靜的時光與這樣的他，我並不討厭。

插曲【三】 春日與阿涼

「嗯哼，妳就是新來的？哦，叫春日是吧，真是個矮不隆咚的狸貓姑娘呢。我是阿涼，未來將成為女二掌櫃。從今天起妳就在我底下工作，我會好好嚴格把妳訓練成一個服務員啊。」

第一次遇見阿涼小姐的那一天，我至今仍記得清清楚楚。

身為文門狸的我——春日，當時小小年紀就被擔任八葉的祖母趕出家門，要我看看外面的世界。無處可去的我跑來投靠叔叔，也就是千秋，然後在天神屋得到了一份工作。

這就是發生在我第一天上班的事情。

說我矮不隆咚的這個雪女，有著純白似雪的頭髮與肌膚，以及過人的美貌。

這位前輩性格不愛認輸又任性妄為，一心想飛上枝頭當鳳凰而無所不用其極，但我卻意外地喜歡這樣的她。

因為她不論用盡什麼方法，都要親手抓住自己的夢想——坐上女二掌櫃的位置。

她在這樣的女人戰爭中勝出了。

這場戰役之壯烈，讓一路在旁見證的我都不禁記錄在日記上。

「喂、喂，春日，一邊裝作在聽一邊偷睡覺是怎樣？喂！」

「呼啊……」

就在白夜大人沒完沒了地說著什麼八葉之妻的大道理時，我便維持跪坐的姿勢打起了盹，畢竟從上午就跟小葵一起忙東忙西啊。

我自己都覺得自己真有勇氣，敢在白夜大人面前打瞌睡。

他的反應不知該說是生氣還是傻眼。

「真是受不了。看妳的性格比起可靠穩重更偏向機靈，也許意外適合成為八葉之妻，不過……倒是很擔心會不會反被挑毛病。妳的立場在各方面都容易樹敵，妳自己明白嗎？」

「我知道的，畢竟我一路以來都看著小葵啊。不過真佩服她呢……在不利的環境中用自己的實力獲得了認可。看看現在天神屋內已經找不到任何一個人，對於小葵跟大老闆的婚事有意見了吧。」

「哼，這樣也是一個問題。畢竟有些人找不到毛病可挑剔時，便會企圖直接抹滅她的存在。」

「這一點就不用為我擔心了。我會好好扮演無能的角色，為人處世八面玲瓏。不過我也不用演，反正本來就沒能力囉。」

「……」

白夜先生壓低眉頭，甩開了摺扇掩口。

本來以為又要被教訓一頓了，結果他說了句「可以走了」，便讓我從說教地獄中解脫。

啊啊，跪坐完要起身時的腳麻感真難受……

我抱著剛才收到的招財貓存錢筒，正打算回夕顏去。半路上一遇到女服務員，她們便看了看我，然後馬上交頭接耳說八卦。

以前總是隨和地跟我打招呼的朋友們，還有那些愛鬧我或使喚我的前輩們，現在光是看我從旁邊路過，就猛對我卑躬屈膝地低頭行禮，然後逃之夭夭。

雖然我也早預想到會演變成這樣就是了……

像靜奈那種大幹部還能用平常的態度對待我，但一般員工就……感覺就像處理易碎物品一樣小心翼翼。

「春日、春日。」

「千秋……」

走廊另一端出現了一個身影，一臉擔心地窺探著，是跟我一樣同為狸妖的叔叔。

我聽從他的呼喚，往他那邊走了過去。

「幹嘛？我現在正要去夕顏幫忙耶。」

「沒有啦，看妳被白夜大人叫過去，所以擔心是不是有什麼事。」

「沒什麼，只是跟小葵一起開發新土產。」

「妳真的對我特別冷淡耶。」

「為什麼我面對家人還要逢迎諂媚啊。」

雖然不至於到過度保護的程度，不過千秋從以前就特別愛操心。

但就是因為他是個愛照顧人的好好先生，才會永遠放不下我這種傢伙。

明明都到了該為自己好好打算的年紀了……

「千秋你會繼續留在天神屋對吧？」

「嗯，我會繼續這份工作，雖然也曾考慮過跟妳一起走。」

「不用這樣啦。要是永遠脫離不了家人的保護傘，怎麼能勝任八葉之妻。」

淚水盈眶的千秋按著自己的眼頭，感動地說：「那個小小的春日現在都長得這麼大了……」

「啊啊夠了啦，真煩耶，你去旁邊啦。」

「春日……」

呿呿呿！真是受不了叔叔。

我邊趕他離開，自己也一邊走遠。

正因為我們之間有著家人這一層關係，在這裡才不能表現得過度親近。

狸妖是一種對同類用情很深的妖怪，不過，有很多事情是必須脫離這樣的保護圈，與外人交流之後才能體會到的。

這是飽讀詩書也學不來的東西……

是天神屋教會了我這個道理。

「啊……」

在通往夕顏的連接走廊門口前，站了一個偷偷摸摸的身影，正在偷看夕顏。

那是……

「阿涼小姐，妳在那裡做什麼？」

「哇啊！」

她嚇得整個人彈了起來。

阿涼小姐一臉反應遲鈍，緩緩轉頭看往我這裡。

正當她張開口似乎有話想說，下一秒又噘起下唇，露出一張奇怪的表情扭扭捏捏的。

「哼、哼！」

最後她什麼也沒說，打算直接離開現場。

我輕輕拉住她的袖子。

「幹嘛。」

阿涼小姐用那雙冷若冰霜的眼神俯視著我，不過我早就習慣了。

「妳聽我說喔，阿涼小姐，我認為妳應該以再次回歸女二掌櫃為目標。」

「啥？」

「這間天神屋裡頭，一定有只有阿涼小姐能勝任的工作。」

我一把放開拉著她的手，快步朝著夕顏所在的中庭走去。

過去以成為女二掌櫃為目標的阿涼小姐。

然後實現了夢想，如願以償。

無論樹立多少敵人，受到多少憎惡，她仍憑著一股毅力與骨氣爬上高位。這樣的阿涼小姐在我看來非常耀眼，她曾是我的憧憬。

雖然因為各種衝動行事，最後失去了女二掌櫃的頭銜……

但我相信如果是她，絕對能再次回歸那個位置。

其實，我多希望能待在最近的地方，為她盡一份力。

第九話 天神屋秋日祭典

今天是十月最後一天。現在的現世應該充滿各種萬聖節應景活動與變裝派對，沉浸在熱鬧的氛圍中吧。

然而這裡是隱世，天神屋從幾天前便開始舉行慶祝豐收的秋日祭。

這是每年秋天的一大例行盛事，不過這次天神屋一改以往的作風。

經由銀次先生的提案，館內與庭園裡都裝飾了許多點著鬼火的日式南瓜提燈。

客人依循在接待櫃檯所領取的地圖，成功抵達各個提燈裝飾得特別華麗的休息區之後，便能從現場員工手中領取點心。

南瓜提燈這玩意兒在隱世很稀奇，加上充滿異界風情又富有尋寶遊戲般的樂趣，很適合親子同樂，因此相當受到好評。

夕顏也是裝飾了這些南瓜提燈的休息區之一。

這裡所發放的點心，正是我與春日聯手開發的「地獄饅頭」。

這也是正式上市前的搶先宣傳機會。

另外，夕顏在秋日祭舉行期間也同時開放午茶時段，讓客人能在店外所設置的座位用茶並享受秋季甜點。

這次店內所提供的茶點品項如下：

・雙色甜薯冰淇淋

・葡萄乾核桃奶油夾心麵包

・柿子口味嫩布丁（附柿葉茶）

我想這次活動搭配現世的甜點應該更有情趣，所以主動做了幾種。

其中特別受歡迎的是加了葡萄乾與核桃的奶油夾心麵包，出乎我的預料。

我把幾串之前在果園摘的葡萄掛在夕顏後門風乾，製成了葡萄乾。將這些葡萄與炒香的核桃混入自製的奶油蛋白霜中，再夾進長條麵包內即可享用。

我很喜歡自製的奶油蛋白霜所帶有的懷舊口感與甜度，是一種不同於鮮奶油的滋味，不會蓋過核桃與葡萄乾的風味，是個稱職的配角。

長條麵包果然在剛烤好時最美味，所以每次只要「剛出爐」的看板一舉起，瞬間就會被客人一掃而空。

「咦，春日什麼時候轉職到夕顏啦？」

「已經辭掉天神屋的服務員了嗎？」

來訪夕顏喝午茶的熟客們看見春日在店裡工作的畫面，全都嚇了一跳。現場還沒有任何人知道這是她在天神屋的最後一個上班日。

「哈哈哈，不過當個茶館的招牌女店員也不錯吧？」

不過春日只展現出一張率真自然的笑容，努力接待源源不絕湧入店裡的客人。

我也是託她的福才得以專注在料理上，讓店裡的服務流程也順暢多了。

最感激的是春日還仔細教導小愛待客的技巧。小愛從今天開始在外場幫忙，果然凡事都有第一次，出了不少錯，而春日則負責從旁支援，並且不時給予建議。

她真的是個勤快又精明的工作人才。

她的工作模樣就如同往常一樣地自然，而這正是由天神屋女服務員代代傳承，經過長年的勞動所培育出的才能，絕不是兩三天就能練就的。

就是因為有這麼勤快的身手，才讓大家爭相找她跑腿吧。但是，過完了今天之後……

就再也無法看到負責緊急聯絡的春日跑進店裡大喊「不好了」的畫面了。

「葵小姐，請賞我南瓜籽～～」

在傍晚的營業時段開始前，我們正在進行準備。我跟春日一起把擺在店外的座椅收好，結果把南瓜提燈當成遊樂場玩耍的小不點跟我討了南瓜籽。

「為什麼要南瓜籽？」

「種子很好吃～～」

今天消耗了許多南瓜，所以剩下一大堆的籽。

我回廚房把南瓜籽拿出來給小不點，他便用嘴喙喀滋喀滋地咬著，靈巧地取出裡頭的南瓜籽仁享用。

簡直就像倉鼠在啃葵瓜籽一樣……

正當他準備朝最後一顆咬下去之前，不知為何露出了非常糾結的表情，最後作罷不吃。

「嗯？怎麼啦？這顆很難吃嗎？」

「把南瓜滴種子……種在柳樹下，就能繼續長大，然後等果實長出來之後，葵小姐就能拿來做菜，剩下滴種子……我又可以吃惹。」

小不點咚咚咚地跑到柳樹下，用長著蹼的手挖開地面的土，熟練地播種。如果這樣能順利長大就好了……

「嗯？」

就在此時，我望向柳樹的另一側。

有一對行跡有點奇怪的年輕夫妻站在中庭，讓我很在意，於是我跑過去關心地問：「請問怎麼了嗎？」

「那個……請問有在這裡撿到遺失物嗎？」

「遺失物？請問您弄丟了什麼物品嗎？」

「嗯嗯，就是，一只銀色的手鐲……」

據這對夫妻所言，他們似乎正在蜜月旅行，來到天神屋住宿。

他們看起來真的就只是一對普通的新婚夫妻，弄丟的那只手鐲，據說是妻子的母親傳給她的嫁妝。

他們說也許是在繞行各個掛有南瓜提燈的休息點時遺落的，現在正依剛才經過的順序尋找。難得出來開心度蜜月，年輕太太臉上的表情卻充滿不安，相當無助，讓我於心不忍。但是在夕顏店裡也沒有發現手鐲……

「欸欸你們聽我說，天神屋有遺失物中心，也許會在那邊！客人們在館內弄丟的東西，大部分都能在那裡找回來。啊！我來帶路！」

剛才聽見事情經過的春日跑了過來，親切地說：「兩位請往這邊喔。」隨後便引領著這對夫妻往大廳前進。

此時太太終於向先生露出放心的表情。

春日果然是個懂得隨機應變的服務員啊……

「雖然很掛念，不過這情況也只能交給春日幫忙了，我也得努力做料理。」

好了，那麼今天除了要準備夕顏的常態品項外，還要另外加上本日限定的秋日祭特別菜色。

・淺漬南瓜鮮脆沙拉（佐南方大地鮪魚）

・南瓜天婦羅及雞肉天婦羅拼盤（選用鬼門特產南瓜）

・黑醋風味白肉魚與秋季彩蔬燴飯（秋產茄子是大老闆親手栽種的稀有版本）

然而今日最亮眼的主角，是免費提供給所有客人的餐前湯「南瓜豆乳濃湯」。

首先使用切碎的洋蔥末與自製燻培根丁，慢慢炒到確實軟化是關鍵。

等洋蔥與培根的鮮味都帶出來之後，再加入切成一口大小的南瓜塊一同燉煮。

「葵小姐，工作辛苦了。」

「啊，銀次先生也辛苦了！」

就在我一邊燉煮濃湯並進行其他備料作業時，銀次先生來到夕顏。

主導這次活動企劃與營運的他，今天應該忙得不可開交吧。

然而他臉上卻還掛著爽朗陽光的笑容，不見一絲疲憊。不愧是銀次先生。

「銀次先生這次所構想的企劃大大成功了呢，大家看起來都玩得很盡興。」

「不不不，入夜之後才是關鍵呢。白天雖然方便辦活動，但南瓜提燈的燈光就沒什麼看頭。不過等到天色暗下來之後，總算能營造出萬聖節的氣氛囉。還要讓南瓜提燈飄往天神屋的上空喔。」

「哈哈哈，這也太棒了，今年大概也是我最投入於慶祝萬聖節的一次了。雖然在妖怪的世界裡慶祝萬聖節這件事，本身就已經夠莫名其妙了……」

原本帶有驅魔意味的這項活動，現在已成了在日本也相當普及的民間節慶。

結果現在竟然連身為被驅除對象的妖怪們也玩得這麼開心……

傑克南瓜燈想必也在九泉之下為此哭泣吧。

「對了，葵小姐，這裡有股好香的南瓜味耶。」

「嗯嗯，我正好在煮南瓜濃湯，裡頭加了大量豆乳，喝起來不只清爽不膩口，而且還很養生喔。」

「啊啊，聽起來很不錯耶～」

等洋蔥、培根、南瓜煮得軟爛時，就全倒進金魚缸調理機中打碎。

打成泥的材料就由銀次先生幫忙過篩幾次。

過濾完呈現滑順狀之後，再加入大量豆乳熬煮。

這裡用豆乳取代一般的牛奶，能替原本濃醇的口味增添清爽感。

培根的肉鮮味已經完全釋放在湯裡，所以調味只需少許的鹽與胡椒即可。

「銀次先生，在處理接下來的工作之前，先喝一碗再走吧。反正我想你今晚大概會忙得沒什麼時間能吃飯對吧？」

「哇，就等您開口呢！」

我將南瓜濃湯盛入碗中，遞給銀次先生。

「啊，要不要也吃個夾心麵包？店裡正好有準備要拿來做沙拉的鮪魚罐頭，我來做個鮪魚沙拉口味的夾心麵包吧。」

「咦！真的可以嗎？我非常想嘗嘗！鮪魚罐頭是我的最愛！」

「呵呵，那你先喝濃湯順便等我一下。」

剛才備料時正好多切了一點洋蔥末備用，便拿來下鍋快炒一會兒後裝入小碗內，與鮪魚一同攪拌均勻，加上少許自製美乃滋與胡椒，再滴幾滴醬油完成簡單的調味。

南方大地所生產的鮪魚罐頭不同於現世所販售的產品，偏硬的肉質保留了手工製造的感覺，必須確實攪拌再攪拌才會變得鬆散……

「嗯，鹹味恰到好處。」

將長條麵包剖開並塗上美乃滋，再將拌好的鮪魚沙拉夾入其中，輕鬆完成。

然而單純的滋味就是最棒的，簡簡單單的一道鮪魚沙拉夾心麵包……有著不容小覷的美味。

我對坐在吧檯座位的銀次先生說了聲「請用」，把麵包端到他面前。他毫不遲疑地拿起來大口咬下，一陣咀嚼之後，又小口地喝了濃湯。

「嗯，這個好吃！炒過的洋蔥末還保留著脆脆的口感！帶有鹹味的鮪魚跟微辣的洋蔥，這股滋味搭配樸實的長條麵包與甜甜的濃湯，都是絕配呢。」

「沒錯，鮪魚沙拉麵包雖然低調不起眼，卻能徹底攻陷味蕾。就像使命必達的殺手呢。」

不會搶了其他料理的風頭，又確實擁有自我的美味。雖然我也喜歡現在時下流行的大魚大肉大分量三明治，但鮪魚沙拉麵包長久以來能受到大眾的愛戴，絕對有其理由。

不過話說回來……是因為長條麵包的關係吧？總覺得好像小學的營養午餐。

雖然銀次先生還是吃得相當津津有味啦……

「呼，真是一份美味深深沁入五臟六腑的輕食呢，感覺現在又充滿工作幹勁了！」

銀次先生應該餓了很久吧，一瞬間就掃光了食物。

「啊，對了對了。用來煮成濃湯的南瓜呀，裡面包含了大老闆自己種的喔。真的很奇妙耶，明明討厭吃南瓜卻又要種。」

「……我想大老闆一定也會喜歡這道濃湯的。」

銀次先生微笑著說，但視線卻微微垂低。

他的反應有點不對勁，是心裡有什麼牽掛嗎？

「哇啊啊啊啊！快下來！春日妳快下來啊啊啊啊啊！」

「？」

我嚇了一跳，因為外頭突然傳來一陣尖叫聲。

「這聲音是……女掌櫃。」

我和銀次先生走到外頭查看狀況。

天神屋的本館旁緊接著一棟西樓，現在西樓外聚集了好幾個女服務員，獨眼女掌櫃也在其中。現場還有一些發現騷動的房客。

「發生什麼事了？」

「啊啊！啊啊！小老闆，請您快點、快點阻止春日那孩子！」

女掌櫃用刺耳的尖銳聲音向銀次先生尋求協助。

沒想到春日正站在西樓的屋頂上，我和銀次先生都為此大吃一驚。

「春、春日妳是怎麼了！為什麼爬到那種地方？」

「春、春日小姐！請快點下來，太危險了！」

春日聽見我們的呼喊，朝這裡瞥了一眼，用懶散的聲音說著：「我說呀……」

「犯人是烏鴉啦，是烏鴉把那位客人的手鐲叼走了。等我一下就好，我拿到就下去！」

烏鴉？

「啊啊，是那隻烏鴉！上次也覬覦我的髮簪！」

西樓上空確實有一隻態度囂張的大烏鴉，一臉老神在在地俯視著我們。牠嘴裡叼著的物體不停閃閃發光，正是那位客人的手鐲吧。

原來春日是發現了這點，所以才爬上屋頂想拿回來。

然而她每前進一步彷彿都快要失足滑落，畫面相當危險。

「啊啊啊啊！啊啊啊啊！春日！我求妳下來！妳要是有個什麼萬一，豈不都成了我的責任嗎！」

女掌櫃從剛才就陷入恐慌狀態。

此時的春日也似乎無法專心，喊著：「哎呀你們安靜點啦。」而烏鴉依然故我，一下突然逼近春日又馬上拉開距離，就像把她耍著玩。這傢伙完全目中無人。

「哇啊！」

「春、春日！」

那隻烏鴉在春日頭上不停拍著翅膀，害她重心不穩，在磚瓦屋頂上滑了一下。

現在所有人都發出近乎慘叫的驚呼聲。女掌櫃一陣暈眩，最後在女服務員們的攙扶下當場坐在地上。

然而春日在滑落屋頂的前一刻成功剎車，邊保持平衡邊再度往上爬，時不時踩滑的腳步，讓我們在一旁看了也緊張。

最後銀次先生終於看不下去，說了聲「我去幫忙」，正打算變回狐狸原形，然而——

「你住手。」

「哇啊！」

有個人從銀次先生身後緊緊抓住了從右邊數來下面的第三條狐尾。

銀次先生的變身也因此失敗，化為一隻小狐狸。

轉過頭一看，身後的人竟然是阿涼，她一臉嚴厲的神情。

「小老闆，現在並不是你該出場的時候，這是春日必須自己完成的一份工作。」

「可、可是阿涼！」

「葵，妳也安靜地在一旁看著。」

阿涼到底在想什麼？

同時，被抓住弱點的可憐銀次先生，正顫抖著身子若無其事地躲到我背後藏了起來，似乎備感恥辱。從右邊數來的第三條尾巴果然是弱點嗎？

「春日！」

阿涼朝著屋頂上的春日大喊。

「那是客人很重要的東西，絕不能被烏鴉叼走了！」

「阿涼小姐……」

阿涼做出與在場所有人相反的判斷。

她要春日搶回客人弄丟的銀手鐲。

女掌櫃尖聲怒吼著：「妳在說什麼鬼話啊！」然而阿涼卻充耳不聞。春日看著阿涼似乎也了然於心，露出認真的表情再次往上爬。

「好痛！」

烏鴉嘴裡還叼著銀手鐲，繼續用嘴喙戳著春日。

春日發出「疼！好疼！」的微微尖叫，卻仍然伸手揮趕烏鴉，趁機從懷裡拿出了「那樣東西」。

「快看喔，這是小葵做的地獄饅頭喔，很好吃喔！」

「……」

春日什麼時候私藏了地獄饅頭？

她看準烏鴉將饅頭辨識為食物的那一瞬間，趁此時扔出地獄饅頭。

烏鴉張大嘴喙，準確地接住饅頭。

而銀手鐲同時也跟著鬆脫而墜落，在屋頂上滾動著並發出匡匡匡的聲響。

「別跑～～」

春日拚命緊追著手鐲跑，最後終於一把抓住。到這裡都還好，然而……

在放下心頭大石的下一刻，她已經衝過頭，整個人飛出半空中。

或許是因為害怕，春日將手鐲緊緊抱在胸前，卻已維持不住人形，在一陣煙霧中變回一隻小狸貓。

「啊啊！春日！」

所有人都不敢直視。

卻只有阿涼文風不動，自始至終用眼神守護著春日。

「春日，妳做得很好！」

阿涼揮動衣袖，用自己的力量捲起一陣暴風雪。

化為小狸貓的春日就像被暴風雪所形成的搖籃所包覆，在柔軟的空氣化為緩衝之下輕輕掉落地面。

渾身是雪的春日發著抖，緩緩地一屁股摔在地上，不過身上當然沒有嚴重的傷勢。

「冷嗎？春日……」

阿涼兩手扠腰，兩腿一開站在春日面前問道。

春日還發著抖，卻緩緩睜大那雙圓眼。

因為阿涼的眼神相當認真。

「連這種程度都受不了的話，像妳這種小狸貓面臨北方大地的嚴寒，馬上就被冰封，變成狸貓冰塊啦。像妳這種……這麼小、這麼小……又矮不隆咚的可愛狸貓……」

阿涼情緒一陣激動，用力皺著臉無言以對，一度把頭仰向天空。手依然扠在腰上，維持著目中無人的站姿。

「那裡可是連身為雪女的我都受不了的冰天雪地。而且冰人族民族意識強，具有排他性。我可不願去想像……凍僵的妳孤獨一人飽受煎熬的畫面。渾身打顫的狸貓，任誰看了都於心不忍啊。」

阿涼……

到頭來，她比任何人都還替春日操心。

她熟知北方大地與冰人族的事情，擔心春日在那邊是否撐得下去……

正因如此，才會偏激地要春日拒絕婚事，擺出強硬的態度。

「嗚哇～～阿涼小姐～～」

「砰」地一聲，春日在一陣煙霧中變回人形，緊緊抱住阿涼的腰。

我想她一定是明白了阿涼的用意而萬分感動，同時又終於能放心。畢竟跟自己最尊敬的阿涼鬧僵了，似乎讓春日一直很不安。

阿涼也不再多說什麼，輕輕拍了拍春日的頭。

以火紅色的夕陽天空為背景，她們倆緊緊抱著彼此的剪影，令我永生難忘……

總是那麼自我中心又任性的阿涼，此時此刻卻像個出色的前輩，在背後溫柔支持後輩展開新旅程。

「好了，妳快點把手鐲還給客人吧。對方人在大廳，因為遍尋不著失物而相當低落呢，看了真不忍心。」

「啊！嗯！」

「結束之後，妳就過來我負責的宴會廳，我可要好好壓榨妳到最後一刻。」

「咦咦咦咦，可是春日現在在我們夕顏這裡幫忙耶！」

「呵呵呵，抱歉啦，葵，春日我就收下了。她原本可是我的部下喔。」

春日雖然不知所措，不過在我露出苦笑說著「好吧」之後，她也為難地露出笑容，隨後急忙朝大廳跑去。

阿涼接著也喊了一聲：「好啦！大家回去工作崗位了！」主導起現場的狀況，並帶領女服務員們回到本館。就連那位女掌櫃也搖搖晃晃地跟在阿涼後頭……

看到這幅景象，讓我深刻體會到阿涼雖然被百般抱怨，果然還是做女二掌櫃的料吧。

春日以前就明白這一點。

而至今她也仍然堅信如此……

「葵小姐，看來今天也有得忙了呢。」

仍維持小狐狸外形的銀次先生在我腳邊，用開朗的聲音說道。

我一把抱起他。

「呵呵，就是呀，不過……店裡還有小愛在，她從春日那裡學到了許多。今天夕顏也絕對沒問題的。」

「我也會盡我所能過去幫忙，在春日小姐調過來的期間，我都沒什麼出場的餘地，有點落寞呢。」

「噢！是喔？我還以為銀次先生正因為少了個棘手的部門而感到開心耶。不過有銀次先生在，果然還是比較讓我放心。」

我一邊撫摸著毛茸茸的銀色毛皮，一邊與銀次先生對望，然後輕輕笑了。

夜幕即將降臨。

點綴於天神屋各處的南瓜提燈增添了輝煌的光芒。

夕顏的晚間營業時段也即將展開。

似乎已有客人陸續在店門口排隊等候了，於是我急忙趕回店裡。

今天店裡的生意果然絡繹不絕。

由於是活動帶來的可預期人潮，並非預料之外的空前盛況，所以食材庫存有好好撐到最後。

雖然生意很忙，不過有小愛跟小不點幫忙，以及銀次先生不定時的協助，總算順利忙完一晚。

也因為今晚客人眾多，新土產達到了一定的宣傳成效，真是萬萬歲。

「呼，忙完了忙完了……小愛跟小不點也都累得先睡了。」

我正打掃著打烊後一片冷清的夕顏。

小愛在榻榻米客席的一隅仰頭大睡，就像已耗盡電量。我回去後面房裡拿了毯子出來幫她蓋上。雖然她還是一樣沒多久就犯睏，不過最近不會沒事就回去墜子裡，也算是有進步呢。

在她身旁的小不點也一樣睡得很熟，還冒著鼻涕泡。

銀次先生則已經不在店內，想必正在忙著替即將結束的活動收尾吧。

外頭仍然是一片熱鬧。聽說會有巨大的妖怪南瓜和鬼火一起交錯飛舞於天神屋上空，進行類似燈光秀的表演。

一定很漂亮吧，雖然很想見識一下，不過從這裡看不到呢……

「葵，辛苦了。」

「啊……」

鑽過店門口的門簾來訪夕顏的，是大老闆。

雖然當初是我單方面提出的約定，他卻有好好記在心裡。

「為何一臉驚訝？」

「沒有……想說你會不會在忙？畢竟我沒考慮太多就擅自要你過來……」

「無妨，葵難得招待我過來，我可是好好提前保留了這段時間，有先餓過肚子才來的喔。」

「唔唔……總覺得真過意不去。」

但是又很高興他前來赴約。

畢竟我也是下了一番苦功，研究如何做出讓大老闆克服恐懼的南瓜料理。

「你在吧檯這裡坐著吧。啊……聽你這麼一說，才發現大老闆會來夕顏吃飯，的確算是很難得的事呢。」

「應該說，我總算能明正言順地過來了吧。」

「？」

「我的意思是，現在我來這裡找妳，也不會有任何員工有意見了。」

大概……吧……

大老闆如果從一開始就常往夕顏跑，在其他員工眼中看起來，應該會覺得我受到他的特殊待遇吧。

打從一開始，我就在不知情的情況下，像這樣受到他的保護吧。雖然他總是什麼也沒多說。

「啊……呃，那個，我想請大老闆吃一道南瓜炸肉餅。」

「南瓜炸肉餅？哦……沒怎麼聽過的料理呢。」

聽起來陌生而且還有放南瓜的料理，似乎讓大老闆覺得怕怕的。

他的雙手依舊藏在兩邊袖口裡，僅將視線飄往一旁。

「因為南瓜一般是拿來做可樂餅比較多嘛。今天我要做的南瓜炸肉餅放了滿滿的肉，而且帶點麻辣。這是專門為大老闆設計的隱藏版菜單，平常在店裡也吃不到的喔。」

「專門為我設計的菜單……聽起來好有夫妻的感覺，好開心。」

「重點在這？你的重點是這個嗎？」

「不過麻辣口味的炸肉餅究竟是……嗯……更難想像了呢。」

大老闆臉上的表情寫著：「原本帶甜的南瓜做成炸肉餅，而且還是麻辣……怎麼想都奇怪。」

「你在這裡等著，我馬上做給你。啊，先喝碗濃湯吧。」

我把先前做好的濃湯重新加熱，拿了小碗盛裝。稍早是做了夾心麵包給銀次先生配著吃，這回則是為大老闆準備了以吐司邊烤成的蒜香麵包丁灑在濃湯上。

大老闆拿起湯匙，雖然有點遲疑，仍然先啜飲了一口濃湯。

「嗯……比想像中來得更好入口呢，本來以為會很濃稠，結果清爽順口。」

「因為經過了層層過濾呀，還加入大量豆乳，調味也很簡單。」

「這些浮在湯上的是什麼？看起來很像麵包。」

「是烤麵包丁喔。你第一次吃到嗎？是用冷凍過的吐司邊加上大蒜跟鹽調味過後，切成方丁進烤窯烘烤而成的。剛才烤長條麵包時順便一起做了。因為調味偏鹹，我想說跟甜甜的湯一起配著吃，就不會覺得容易喝膩了吧。」

「噢，真的耶。這樣很不錯，配上這個我就能喝完了！」

烤得酥脆的麵包丁帶有大蒜風味，大老闆似乎很享受這股香氣與口感搭配南瓜濃湯的美味。看來他馬上就能喝光光了，我得趕快準備好炸肉餅才行。

當我一開始著手準備料理，睡在小愛身旁的小不點便緩緩起身，趁機靠近大老闆。

「欸欸鬼先生，請問要怎樣才能種出大大滴南瓜呢？」

「嗯嗯？」

小不點拉著大老闆的袖子，請教他栽種南瓜的技巧。

這傢伙原來是認真想種南瓜的嗎？

而大老闆也一臉很開心似地傳授方法給小不點，一段神祕的菜園師徒關係在此誕生……

算了，總之就讓小不點負責應付大老闆，我得來做南瓜炸肉餅了。

由於其他料理也會用到煮熟並搗碎的南瓜泥，所以已備有預先做好的份了。

將洋蔥末炒過之後與牛豬絞肉一起放入調理盆內拌勻，再加入南瓜泥、蛋黃與毛豆，充分攪拌到產生黏性。

接著用鹽、胡椒、七味粉調味，再加上一匙美乃滋與番茄醬提味。

最後就比照一般炸物料理步驟，將肉餡捏成橢圓餅狀，表面依序裹上麵粉、蛋液與麵包粉，下鍋油炸到酥脆即可。

我利用油炸的空檔，把醬汁也準備好了。

這次搭配的醬汁是基本款——自製番茄醬加上自製蠔油，再灑一點香氣濃郁的芝麻粉後攪拌均勻。

好了，炸得焦黃酥脆的炸肉餅完成，我還順便替小不點炸了一塊縮小版。

將高麗菜切絲後裝盤，堆成一座高高的小山，旁邊擺上兩塊炸肉餅。

醬汁則另外裝在容器裡，依個人喜好酌量添加。

由於餐前湯和炸肉餅加了南瓜又有肉，分量感十足，所以搭配的小菜就走清淡路線。

這次隨餐附上的是秋季蕪菁溫沙拉、醬油炒小松菜與烤茄子，兩道都是事先做好的常備菜，而且使用了大老闆的菜園採回來的蕪菁與茄子。

餐前湯剛才已經喝過了，所以改成今天隨套餐附上的松茸清湯。

「大老闆，今天有白飯和大麥飯可以選，你要哪種？」

「這個嘛，好久沒吃到大麥飯了，就這個吧。」

「炸物料理和大麥飯的確也很搭呢。」

大麥飯就是摻了大麥的白飯。雖然用新米煮成的純白米飯也好吃，不過稍微混一點大麥下去煮，更能享受帶有顆粒感的新鮮口感。

除了大麥飯以外，順便再來一道南瓜——我又附上淺漬南瓜做為搭配用的醬菜。

「來，大老闆久等了！這是特製南瓜炸肉餅套餐，肉多味美加了南瓜的炸肉餅，請你一定要試試。」

「……葵親手做的料理，看起來真好吃。」

「你嘴上一邊這麼說，但是一邊微冒冷汗耶。」

剛才明明都成功喝了一碗湯。

對食物的喜惡果然沒有這麼容易改變嗎？

「葵小姐，我也要我也要，我也要吃炸肉餅。」

看小不點在吧檯上跳呀跳地不停強調著，我回他「好好好」，把一塊縮小版的炸肉餅裝盤後放在他面前。

「你們兩個吃的時候要小心，剛炸好的肉餅很燙，咬下去可能肉汁四溢喔。」

大老闆先啜飲一口松茸清湯，吃了點蕪菁溫沙拉之後，終於一鼓作氣用筷子劃開炸肉餅。

「噢噢……」

豐沛的肉汁果然在第一時間令人滿心雀躍，冒著煙的鬆軟南瓜泥依舊帶著動人的黃色，與粗絞肉難分難捨。

然而……

「嗯？嗯嗯……雖然甜甜的，卻又有點辣。是七味粉嗎？」

大老闆先直接吃了一口，然後露出驚訝的表情咀嚼著。

南瓜鬆軟綿密的甜味與充滿肉汁與洋蔥的肉餡，再加上七味粉的麻辣，營造出絕妙的層次。

「雖然吃得出南瓜本身的風味跟甜味，不過加上七味粉的麻辣之後，能壓低整體的甜度。再加上有肉汁的關係，舒緩了南瓜黏膩厚重的口感了對吧？真要說起來的話算是偏濕潤軟嫩吧。」

「的確。甚至可以說跟肉和在一起，讓整體風味也變得溫醇多了。而且毛豆的口感很棒，是絕妙的點綴，感覺不太出來正在吃我討厭的南瓜呢。」

「嗯，我想說與其硬逼不敢吃的人直接吃南瓜，不如借助其他食材的力量來做成比較好入口的料理。不過要消除對食物的抗拒，也只能從順口的料理慢慢適應了對吧？」

「噢噢？葵真是個策士呢。」

大老闆覺得很有趣似地發出咯咯的笑聲。

接著他又再次拿起裝著大麥飯的碗，另一隻手夾了酥脆的炸肉餅配飯，把雙頰塞得滿滿的。

大老闆用餐的模樣固然優雅，但每次都是一大口，果然還是男人的吃相耶……

「果真如妳所說呢。沾了重口味的醬汁之後，炸肉餅變得更下飯了。」

「沒錯吧？啊，光是看著我也開始餓了。」

「妳也過來旁邊坐著吃不就得了？妳應該也還沒用晚餐吧？」

「唔，可是我本來想說今天要好好從頭到尾招待你一頓的……」

就在我尷尬地轉移視線時，肚子還是不爭氣地叫了。

大老闆忍不住把臉撇往一旁笑了。

啊啊真是的！我肚子裡的蟲真不會看場合！

「有什麼關係，在我面前不需要如此緊張。」

「我想是你應該要緊張一點才對吧。」

算了，不管了，我要吃。

我自暴自棄地準備著自己要吃的另一份套餐，然後在大老闆身旁坐下。

「我開動了。」

然後大快朵頤。

嗯，果然代表收成與食欲的秋天最棒了，所有東西嘗起來都特別美味。

尤其是辛苦勞動完，飢腸轆轆時所享用的飯菜，無論吃什麼都是極品。

「葵的料理果然讓人感到安心呢。」

「唔？」

我嘴裡還塞著炸肉餅，用含糊的聲音回應。

大老闆看著眼前吃到一半的飯菜。

「我想所有人肯定都是這樣的，為了生存就必須攝取飲食。每天為了活下去而吃著充滿家常味的飯菜，不知為何會產生一種『自己的生命受到某種肯定』的感覺。這是偶爾享受一頓高級大餐時所無法體會到。」

「什、什麼啦，大老闆，總覺得你講得也太誇張了。」

「呵呵。能吃一頓飯的空間，就足以稱為棲身之處了，而身旁若有誰的陪伴，更是令人安心的避風港了吧。」

「棲身之處……」

總覺得從大老闆口中聽過好幾次這樣的字眼。

我嚥下嘴裡的食物，注視著他的側臉。

端正的五官洋溢著帶有少年氣息的笑容。

同時又似乎隱約蒙上了灰暗……

「呼……銀次形容妳所做的飯菜『能強行打開妖怪的心房』，他說得果然沒錯。在這份料理面前，要緊閉心扉實在太難了。」

「那你願意告訴我一些事囉？」

我開門見山地問。

「我剛才不是已經說了一些嗎？不過呢，就到此為止。妖怪都秉持神祕主義，我特別注重這一點。」

「大老闆你真的很莫名其妙耶。」

「生氣了嗎？」

「也不是生氣，我只是想多了解你的事情啊。」

還以為輪廓漸漸清晰，結果又蒙上了一層霧，令人看也看不清。

這實在太吊人胃口了，所以我用筷子夾起整塊炸肉餅，直接塞滿整張嘴。

而大老闆又趁此時很愉悅似地補了句：「吃相真豪邁呀。」又讓我更不甘心了。然而……

「葵……」

「幹嘛啦，要甜點的話冰箱裡有……」

「不是。」

正當我們喝著飯後茶時，大老闆一臉正經地將某樣東西擺在我面前。

這是什麼……鑰匙？

是一把用黑曜石製成的漂亮鑰匙。就像異國故事中會出現的那種……背後暗藏一些故事的祕密鑰匙。

「我希望這把鑰匙能交給妳保管。」

「交給我？為什麼？」

「再過一陣子，我必須前往妖都宮中一趟。因為妖王有點事找我過去，其實就類似出差的感覺罷了。不過包含春日的事情在內，最近各地都紛紛有一些動靜。難保我外出期間不會發生什麼事呢。」

我疑惑地眨了眨眼睛，就算是這樣，又為何要把鑰匙交給我？

「這是……什麼的鑰匙？」

「這一點我無可奉告。但是，當妳真心想要『了解』我，或是到了必須了解真相的時候，就去找尋這把鑰匙可以打開的東西吧。只不過……我心裡是不希望妳打開的。」

「嗯？」

想讓我了解，不希望我了解。

我彷彿看見這兩種極端的情感在大老闆複雜的內心中互相拉扯著。

他自己也對於這樣的矛盾露出無奈的苦笑，將臉頰旁的髮絲勾往耳後。

霎時之間，他的眼神突然一變。

那道不帶任何溫度，卻也不會感到冰冷的眼神，在我看來就像是無盡的空虛。

「葵說過想要更加了解我對吧。不過，我不確定當妳認識了真正的我之後，會變得多討厭我……這讓我相當不安，畢竟我的身分終究還是鬼。」

「……大老闆？」

先前也曾聽他說過類似的話，不知道該如何接著說下去的我，感到不知所措與困惑。此時大老闆站起身說：「我差不多該走了呢。」

啊啊，甜點……來不及請他吃了。

「葵，謝謝妳的款待。多虧有妳，讓我對南瓜的負面印象有所改觀了，只要是妳親手做的，無論是什麼，感覺我都能吃下肚。不愧是我的賢妻呢。」

「咦，怎麼覺得最關鍵的事情被草草帶過了。」

而且還從新婚妻子變成賢妻了……

「哈哈哈！」

大老闆最後邊笑著邊摸我的頭安撫我：「好乖好乖。」

他的眼神一瞬間停留在我的髮簪上……不過卻沒特別說什麼，迅速地收回了手。

「那麼下次見，葵。」

我頂著被大老闆弄亂的頭髮，目送離開夕顏的他。

在夕顏的門簾前，那穿著黑色長版外褂的身影一個轉身，便消失在夜色之中……

那是相當寬闊的背影，背負著天神屋上下所有妖怪。

然而為什麼呢？此時我在他的背影之中看見一道小小的，揮之不去的孤獨。

「等、等等，大老闆！」

「？」

我感受到一股莫名的焦急而衝了出去，抓住大老闆的衣服。

他轉過身，我猛然抬起臉注視著他，十分肯定地說：

「我很喜歡大老闆喔。」

「咦？葵？」

「我相信你。」

大老闆緩緩瞪大了雙眼。他驚訝地半張著口，似乎試圖說些什麼，卻又說不出話來。

我的「喜歡」是不是指戀愛的那種好感，我自己也還沒搞清楚。

不過我還是繼續說：

「大老闆，你之前不是對我說過嗎？說我能得到天神屋員工的認可與信賴……是我用自己的力量贏得的，還告訴我誰也不會為了一點小失敗而看我笑話。」

這些話語讓我感受到無比的欣慰與安心。

「這些話我要還給你。現在的我會信任大老闆你，是因為你一直以來在背後給予我支持，以及在重要關頭永遠陪在我身邊，好幾次都成為我的救贖……」

想必其中也包含著年幼時的我。

就算我的猜測錯誤，我也已經受到他太多幫助了。

早已超越了足以建立信賴關係的程度。

「所以說，我才不會因為得知什麼事情，就變得討厭你的！」

我心想必須好好把這句話傳達給他知道。

大老闆的紅色瞳眸之中帶著訝異之色，微微動搖著。

欸，大老闆你為什麼覺得會被我討厭？

正當我想再一次開口問他時……

再也吐不出一字一句了。

因為他將我的腰攬了過去，用自己的雙唇封住了我的。

「……」

那絕對稱不上具有任何激情的成分，就只是輕得若有似無的觸感。由於實在來得太過突然，

我的腦袋一瞬間陷入空白。

在彼此的嘴唇分離時所感受到的那股溫熱氣息，讓我在理解眼前狀況前，臉龐與眼眶先熱了起來。

因為我被嚇得連眼睛都無法眨一下了。

「大……大、老……你……咦？」

心臟開始急劇地跳動。如果是平常的我，這時候應該會生氣，但是現在驚訝勝過了怒意，已無法組織言語。

因為，他明明還說不會隨便碰我的……

我想我現在的臉應該像顆蘋果一樣紅，還帶著滾燙的熱度吧。被他看見這副樣子太難為情，我立刻用手掩面。

大老闆強而有力地抱緊了這樣的我，在我耳邊細語。

「葵，我必定娶妳為妻。」

「……」

「因為我，打從心底……尊敬妳。」

我不明白。

為什麼這瞬間他會對我這麼說。

比起他隨口的「喜歡」，這番話對於現在的我來說，具有更強烈的衝擊。

但同時也微微感到一陣忐忑不安。

因為在他寬闊的臂膀後方，我似乎看見了一道黑暗。

那是籠罩著暗藍色夜空的某種陰影，遮蔽了皎潔的明月。

第十話

新騷動的開端

「那妳好好加油囉，春日。」

「拜拜，春日。保重身體喔。」

「自己多保重，別弄壞身體了。」

天神屋的妖怪們一一跟收好行囊正要坐上空中飛船的春日道別。

我送了她一本能簡單做出美味料理的《抓住老公的胃食譜集》。

「春日，妳就靠這個緊緊抓住那個青梅竹馬未婚夫的胃吧。」

「哇，謝謝妳，小葵。我最不擅長下廚，真是得救了！」

春日露出笑咪咪的表情。一想到再也看不到這張向日葵般的笑容，真的覺得好捨不得，眼淚不禁流了下來。

我順手把一盒綜合饅頭也塞給了春日，裡頭有地獄饅頭與舊款的黑糖溫泉饅頭。

「這些妳帶著過去吧，是充滿回憶的滋味！」

「哎呀，別哭嘛小葵……」

春日依然是老樣子，把東西塞給一旁的千秋先生，用自己的袖子幫我擦眼淚。

「在不久後的將來，我們還會再見的。」

「咦？」

「我們都將成為八葉之妻，命運之線會在某處相繫。」

「……」

命運之線，會在某處相繫。

不，等等，我還沒有……

還沒能吐嘈「我還沒有要嫁人」，春日已精神奕奕地搭上飛船，往下看著我們揮手道別。

「再見～～再見，天神屋！大家再見了！我的天神屋！」

她自始至終開朗的聲音迴響著，此時飛船啟航，往萬里青空出發。

我直到最後一刻都哭哭啼啼，站在我身旁的阿涼卻不然。

她露出好強的微笑，似乎完全不在意。

然而卻又像是已經豁然開朗，她的姿態流露出堅定的決心。

咦？阿涼原本繫在開瓶器上的冰鈴鐺不見了……

——叮……

從春日所搭乘的飛船上，傳來一陣由最北方的水冰封而成的鈴鐺獨有的清澈音色。

在我聽見聲音時，春日的身影已消失在天空另一頭，再也看不見了。

她已被遠遠地帶往蒼穹的彼端。

這是我第一次在隱世經歷的臨別。

再見了，春日。

我期待著能再次與那張開朗笑容相見的那一天。

時間大約過了一個月。

在銀次先生的規劃下，地獄饅頭在秋日祭期間便馬上進行商品化。開始在天神屋與銀天街上的土產店販售的這樣商品，一方面多虧了楓紅時期替鬼門大地帶來的大量觀光人潮，結果締造了破紀錄的銷售佳績。

能不能成為常態熱銷商品還得看今後的表現，不過目前算是大成功吧。

最重要的是必須向地下工廠的同仁們致上最高敬意，在這麼短的期間內成功完成商品化與生產線規劃。現在產量依舊供不應求，天地下的鐵鼠們正忙著趕工。

令我吃驚的是，沒包內餡的起司口味，銷量竟然超過包有豆沙餡的基本款雞蛋口味。也許一部分是因為嘗鮮的心態，不過當初趁起司在隱世的需求逐漸增加，可望成為下一個流行前就搶先進行宣傳的策略成功奏效，似乎也是一大主因。

搶占先機需要準確的眼光，不過只要賭對了，就是很大的商機。

白夜先生預測，其他點心製造大廠或是地方的土產店看見這波流行，應該也會相繼開始推出起司口味的商品吧。

看著自己創造出的作品有了實際的成績，讓我非常欣慰。

除此之外也感受到成就感與雀躍。

但是會有這樣的結果，絕對不只是我一個人的努力所致。

春日所取名的「地獄饅頭」聽起來響亮又好懂，相當具有滲透力，也是成功的一大主因。另外也聽從大老闆的建議，以來自地獄的「彼岸花」為主題，設計了可愛的圖案，在饅頭外皮加上烙印。

此外還借助許多支撐著天神屋的賢才們所擁有的智慧、經驗與建言，才得以正式成為商品並推上市面。

不過，在這裡我就說說……我和銀次先生唯一一次的失敗吧。

我們後來決定嘗試製作兩種秋日限定的新口味，並且在晚一點的時間點上市了。

新口味分別是地瓜與蘋果，地瓜口味是麵糰裡添加了地瓜丁，這類型的蒸糕本來就是歷久不衰的基本款，所以銷量不錯。但包了蘋果果醬的口味似乎因為對妖怪來說太陌生了，從第一天起就乏人問津到令人苦惱的程度。

起司口味明明就大熱賣，問題到底出在哪？

人家店裡推出這類型的點心也都廣受好評的啊……

看來在店裡現做現賣的商品，跟以包裝決勝負的盒裝現成品，即使是同類型的東西，結果也大不相同。

也因此，蘋果口味在開賣一週後便宣布停產。在確定停產的當天，我和銀次先生下班後用山蘋果酒藉酒澆愁，喝得酩酊大醉。

有什麼不開心的事情，就用酒精把煩惱通通忘掉吧……

但是銀次先生說過，每一次的失敗都是下一次成功的導師。

他溫柔地安慰我：「難過一晚之後，明天再一起找出失敗的原因吧。」

除此之外，我還有另一件很掛心的事情。

大老闆現在正前往妖都宮中，人不在天神屋。

他也事前跟我報備過了。

我聽說是妖王大人有私事找大老闆，才會在年末到年初舉辦的八葉集會「夜行會」展開之前先把他叫過去……

「欸，銀次先生。大老闆還沒有要回來嗎？他都已經去了整整一週，不會有事吧？畢竟我聽律子夫人說過宮中是個很可怕的地方。」

「嗯嗯，看來似乎還沒這麼快回來……不過庭園長才藏先生也一同隨行，您不用擔心，大老闆也每天都有傳信使回來。」

「大老闆他……感覺過得還好嗎？」

「嗯嗯，當然。」

這樣啊，剛開始本來以為只是普通的出差行程，不過……

一星期、兩星期過去，大老闆遲遲沒有回到天神屋，最後終於在某一天斷了音訊。

天神屋的高層幹部也開始慌了。

他們派遣使者前往妖都，去宮中打探情報。結果只得到這樣的回覆：「依照妖王之命，不可放大老闆回天神屋，請靜候聯絡。」

「這是怎麼回事？」

「一定是宮中有什麼大騷動，而大老闆被捲入其中了。」

幹部們的焦慮蔓延開來，當然我也一樣。

——『難保我外出期間不會發生什麼事……』

之前大老闆曾在夕顏裡如此說過，也許當時的他早就有所預料了。

白夜先生說天神屋現在面對的是宮中，在不清楚暗地裡有什麼陰謀的情況下，我們不可以輕舉妄動。而這也許正是看不見的敵人所打的如意算盤，然而……

來到十二月上旬，事情開始有了重大的進展。

宮中派了使者來訪天神屋。

對方竟然是——跟我特別有淵源的那隻「雷獸」。

「很焦急吧？很害怕吧？完全不明所以對吧？天神屋的各位。」

「……」

聽見騷動傳來的我跟銀次先生，前往還沒開始營業的天神屋接待大廳，看見被幹部們包圍的雷獸正露出令人厭惡的笑容，從容地如此說著。

「到頭來，沒了大老闆的你們也只是一群生意人罷了，面對掌握大權的宮中根本無計可施吧。」

「啊啊少囉嗦了，要是有事來訪，就先給我到櫃檯簽名留資料。」

雷獸不顧曉一本正經又強硬的要求，邊放聲大笑邊走上天神屋的中央階梯。

喀啦啦、喀啦啦……

每登上一階，他全身上下的金飾便發出令人印象深刻的摩擦聲。

此時他往我的方向一瞥，伸出舌舔了一圈嘴唇給我看，就像在故意惹人厭。

回想起各種陰影的我感到毛骨悚然，然而銀次先生靜靜地站在我的前方。

「還沒理解狀況嗎？我呀，是直接受妖王大人之命來到這裡的喔。」

「什麼？」

「把我接下來說的話當成是妖王的命令就對了，我有個重大消息要宣布。」

爬上最後一階的雷獸從高處轉身面向我們，老神在在地俯視著我們並且露齒冷笑。

我有一種不祥的預感。

「從今天起，天神屋的『大老闆』不再是那個鬼神，將由我接任！」

「？」

在場所有人都驚愕萬分，懷疑自己聽錯了。

大老闆不再是天神屋的大老闆了？

不，這隻雷獸到底在說什麼鬼話，太莫名其妙了。

「你……別胡說八道了！你有什麼權力如此決定！」

「我就說了嘛，我的命令就是妖王大人的命令呀，銀次老弟。算了，也罷。反正沒多久之後正式命令就會下來了。那個鬼神藏著足以撼動隱世的重大機密，不能繼續把八葉的位置託付給他了——妖王大人是這麼說的。」

「……重大機密？」

所有員工陷入更嚴重的恐慌之中。

在大老闆不在場的狀況下，宮中擅自下了重大決斷，趕鴨子上架。

這絕對事有蹊蹺的情況，讓一切都陷入混亂。

「這一張張說不出話的驚訝表情真是太有趣了。作壁上觀真愉快，都想配點酒菜了呢。欸……在那邊偷偷摸摸躲著我的小廚娘小葵呀。」

被指名的我嚇得肩頭一震。

我緊握著自己的手抵在胸前，狠狠瞪向雷獸。

「呵呵，覺得我很可怕嗎？」

「與其說可怕……是讓人不舒服才對。」

「哈哈哈哈哈！不錯耶，我不討厭妳這種反應喔。那我就說些讓妳更不舒服的事情吧，不……也許對妳而言，這消息某方面可能是一種救贖就是囉。」

雷獸不知道在樂些什麼，高興地從懷裡掏出一只盒子。

「鏘鏘——就是這玩意兒。」

那只盒子看起來很眼熟，那、那個是……

「呵呵，剛才我潛入大老闆的房裡，發現了不得了的東西呢——津場木史郎與大老闆所簽下的契約書。」

「啊……」

這才想起來，那就是剛來到天神屋時，大老闆為了讓我死心而出示的……

爺爺親筆寫下的契約書，答應要把孫女送給大老闆的契約書！

「呵呵，那傢伙現在不是大老闆了，這東西也失去效力了呢。」

雷獸從盒中取出契約書，高舉在空中。

我不由自主大喊：「住手！」並伸出手。

然而我的呼喊聲已經埋沒在雷獸把契約書一分為二的撕裂聲，與他高亢的大笑中。

「哈哈哈哈哈哈！好了，到此為止。小葵呀，妳已經不是那個大老闆的未婚妻了，是本大爺好心幫助妳解脫了，我不介意妳好好感謝我喔。」

接著他把紙張撕成碎末後灑下。

在空中飛舞的紙花，最後散落在階梯上。對我來說，那一紙契約明明是束縛，然而此時心中湧現的失落感卻強烈得令我自己也感到不可思議。

「葵、葵小姐……」

我的雙腳不自覺地一晃而無法站穩，銀次先生馬上扶住我的肩膀。

但是就目前的現狀，沒有任何人能對雷獸有意見。

一切都被那傢伙主導著，驚訝的我只能愣愣地瞪著露出一臉勝利笑容的他，還有那散落一地的約定，然而……

「去死吧，蠢貨。」

咚！

一陣沉悶的聲音從雷獸的背後出現，下一秒——

「啊～～～～」

雷獸整個人飛往空中，從樓梯上淒慘地滾落。

剛才他所站著的位置，現在換成了眼神冷淡的白夜先生。

白夜先生似乎是從雷獸背後把他踹下了樓，他現在正在樓梯下咳了幾口血。

突然爆發了一場天神屋溫泉殺妖事件。

「唔……嘖！果然現身啦，你這隻白色惡魔，是打算要我的命嗎？」

「說什麼傻話，當然恨不得把你殺了。」

白夜先生收起掩在嘴邊的摺扇，動作比平常來得更帶狠勁。

那聲「啪！」讓天神屋所有員工不由自主地挺直背桿，簡直像反射動作，白夜先生此時用越來越冰冷的眼神俯視著雷獸。

「你憑什麼旁若無人地待在我們天神屋，我可不記得有邀請你這種東西前來。給我滾下外頭的深谷死個百萬次吧！」

「我才剛被你踹下來耶？」

白夜先生無視雷獸的回應，往下踩了一階，撿起散落在腳邊的契約書。他嗤笑了一聲之後緊緊握住紙屑。

「如果你真以為我們天神屋的大老闆會沒有預想到這般事態就前往宮中，那你還真的是蠢態畢露。笑死人了。」

「……啥？」

「這張契約書是假的，正本放在你不可能找到的地方。」

「咦？」

我比在場所有人更早露出呆愣的反應，白夜先生看了我的反應之後「哦」了一聲，眼神中似乎帶著一絲訝異，然而下一秒又輕輕笑出聲。

「怎麼？葵，看妳明顯地鬆了一口氣。」

「咦？我我我、我哪有！」

態度慌張的我總算變回往常的自己。

銀次先生也安心地順了順胸口。

在場唯一露出不悅表情的，當然就是雷獸了。

「哈！白夜，你要是認為自己永遠都處於優勢，可就大錯特錯囉。你從今天開始就是我的下屬，因為我即將接任這間天神屋的大老闆啦。」

「蠢貨，就算是妖王的命令，你也別妄想有這種可能。」

白夜先生從自己的袖口中取出某樣東西。

那只華麗的絲袋是什麼東西？他威風凜凜地打開袋子，從中出現的是一個立體的黃金方塊。

「那是……金印璽！」

「金印璽？」

「是的，就是用來證明天神屋『八葉』身分的印璽。在進行重大決策時都要核章。天神屋內

有資格用章的也只有大老闆與白夜先生了。」

銀次先生在旁邊為我說明。

從周遭員工的反應之中，我大概能了解那是個大有來頭的東西。

「八葉的就任與卸任，除了需要由妖王下令以外，還必須在一年兩度舉行的『八葉夜行會』中取得全數八葉的認可，也就是需要所有人的印璽。下一次夜行會的時間，將定於今年底或是明年初。在那之前，無論你用盡千方百計，大老闆依舊是天神屋的大老闆。」

「呵呵！到頭來只是時間早晚的問題囉……是吧？八葉是無法忤逆宮中命令的。」

雷獸終於站起身，將嘴角的血一呸，故作從容地聳起肩膀說：「這可真是啊……」

「算了，也罷，現在先把天神屋交給你們繼續保管一陣子吧。等下一次夜行會結束，這裡必然會成為我的囊中物。不過我不介意你們起身反抗喔，反正我對經營地方旅館本來就沒興趣，你們有所行動我才能欣賞一齣波瀾萬丈的好戲啊。」

「……」

「不過有一件事我可以確定，就是你們那個大老闆……不會再回來囉。」

接著雷獸一個轉身，身上所穿的薄外罩隨之翻飛。他全身流竄著啪滋啪滋作響的紫色雷電，一瞬間放出閃電般的亮光，隨後像煙一般瞬間消失了。

這……到底是什麼狀況？

現場鴉雀無聲，大家無法理解眼前狀況，受到極大的衝擊。

「愣在那邊幹什麼！館內營運工作交由幹部助理長代理，全體幹部現在到大會議室集合。」

現在能主導現場情況的只有白夜先生了，唯有他以果斷的態度統率並召集所有幹部。

「葵小姐，您還好吧？您的臉色很慘白。」

「銀次先生……」

「不過這也在所難免，畢竟發生了天大的事情。但是當務之急是盡早確認大老闆的安危，然後我們無論如何也要保護好這間天神屋……」

大家都感受到一股無法言喻，甚至幾乎喘不過氣的強烈不安。

然而銀次先生已直接站起身，雙眼充滿堅定。

接著他冷靜地對員工們下達指示，要驚慌失措的曉和千秋先生重振旗鼓，並且比任何幹部更早向白夜先生確認目前情況。

天神屋內剛才一度靜止的時間，現在開始加速轉動了起來。

「……」

然而我心中的忐忑卻遲遲未能消失。

大老闆那些不像鬼該有的行動，還有笑容。

能將這些視為理所當然的平穩時光，似乎即將消失在晚霞的彼端——我有著這樣一股不祥的預感。

我隔著和服緊緊按住胸口，確認與墜子一同悄悄串在項鍊上藏起來的鑰匙。

身為天神屋大老闆的大老闆。
他的棲身之處。
以及他所保有的……祕密。
我能守護的是其中哪一個？

後記

我是友麻碧，總是承蒙各位照顧了。

「妖怪旅館營業中」系列來到第六集，實在相當感激。其實至今所有作品中，篇幅最長的原本是我的處女作，一共全五集。也就是說，這是我本人首次的第六集！

季節來到秋天，本集挑出天神屋內各成員，描寫他們的日常故事，同時是一場騷動的開端，將劇情帶往下一幕。想跟大家聊聊的話題有很多，例如「春日竟然離開天神屋了」、「到底誰想看男性幹部群的入浴橋段」、以及「一秒就能找到大老闆的封面」等……不過礙於本集篇幅只剩下這一頁的關係，我就針對封面的熱鬧賞楓圖說一句就好。

噢……葵跟大老闆挨得這麼近……好像是六集以來頭一遭？

看著這兩人在封面上也逐漸拉近彼此距離，內心總覺得感慨萬千。

希望在第七集也能再度與各位相見。

友麻碧

國家圖書館出版品預行編目資料

妖怪旅館營業中．六，豐收與離別的秋之祭／友麻碧作；蔡孟婷譯．-- 初版．-- 臺北市：臺灣角川，2018.04

面；　公分．--（角川輕．文學）

譯自：かくりよの宿飯．六，あやかしお宿に新米入ります。

ISBN 978-957-564-157-3（平裝）

861.57　　107002710

妖怪旅館營業中 六 豐收與離別的秋之祭

原著名＊かくりよの宿飯 六　あやかしお宿に新米入ります。

作　　者＊友麻碧
插　　畫＊Laruha
譯　　者＊蔡孟婷

2018年4月2日　初版第1刷發行
2021年5月17日　初版第6刷發行

發 行 人＊岩崎剛人
總 編 輯＊呂慧君
編　　輯＊林毓珊
美術設計＊吳佳昫
印　　務＊李明修（主任）、張加恩（主任）、張凱棋

台灣角川

發 行 所＊台灣角川股份有限公司
地　　址＊105台北市光復北路11巷44號5樓
電　　話＊（02）2747-2433
傳　　真＊（02）2747-2558
網　　址＊http://www.kadokawa.com.tw
劃撥帳戶＊台灣角川股份有限公司
劃撥帳號＊19487412
法律顧問＊有澤法律事務所
製　　版＊尚騰印刷事業有限公司
I S B N＊978-957-564-157-3